Dropz

Rita Lee
───────────

Dropz

GLOBOLIVROS

Copyright © 2017 Editora Globo S. A. para a presente edição
Copyright © 2017 Rita Lee

Todos os direitos reservados. Nenhuma parte desta edição pode ser utilizada ou reproduzida — em qualquer meio ou forma, seja mecânico ou eletrônico, fotocópia, gravação etc. — nem apropriada ou estocada em sistema de banco de dados sem a expressa autorização da editora.

Texto fixado conforme as regras do Acordo Ortográfico da Língua Portuguesa (Decreto Legislativo nº 54, de 1995).

Editora responsável: Amanda Orlando
Editora assistente: Elisa Martins
Revisão: Adriane Gozzo e Carmen T. S. Costa
Diagramação: Crayon Editorial
Tratamento de imagem: Jônatas Trombini e Roberto S. Bezerra
Capa: Rita Lee, com autorretrato pintado em 1997
Texto de quarta capa, orelha e foto: Guilherme Samora
Ilustrações: Rita Lee

1ª edição, 2017

CIP-BRASIL. CATALOGAÇÃO NA PUBLICAÇÃO
SINDICATO NACIONAL DOS EDITORES DE LIVROS, RJ

L519d

Lee, Rita, 1947-
    Dropz / Rita Lee. - 1. ed. - São Paulo : Globo, 2017.
    : il.

    ISBN 978-85-250-6512-4

    1. Conto brasileiro. I. Título.

17-43437
CDD: 869.3
CDU: 821.134.3(81)-3

Direitos de edição em língua portuguesa para o Brasil adquiridos por Editora Globo S. A.
Av. Nove de Julho, 5229 — 01407-907 — São Paulo — SP
www.globolivros.com.br

Dedico este livro aos animais que tive, tenho e ainda vou ter.

Baião de dois

Naquele dia acordou, se olhou no espelho e viu uma mulher que não era ela, mas era ela mesma.

O calendário marcava setenta anos de idade, mas aquela figura que a observava do outro lado do vidro não tinha mais que trinta. Rugas, manchas senis, o "código de barras" ao redor da boca, a pele flácida das bochechas, toda a decadência física que vem com a idade havia desaparecido dando lugar a um rosto jovem e tonificado. O que uma série de poderosas plásticas não foi capaz de resolver, não é mesmo?

Ficou lá se deliciando com sua nova aparência facial que mal notava o resto do corpo ainda padecendo do envelhecimento normal que acometia toda septuagenária. Foi constatando essa dicotomia física que teve a ideia de se matricular numa academia de ginástica. "Se a idade está na cabeça, então o resto do corpo será comandado por ela. Vou malhar até ficar enxuta." Além do que, uma plástica geral no corpo inteiro já lhe adiantaria uns bons vinte anos a menos. Quando punha uma ideia na cabeça não desistia tão cedo, e o melhor de tudo é que tinha dinheiro de sobra para realizar suas excentricidades, além de também comprar a falsa adulação do bando de puxa-sacos que a rodeava.

Já recuperada das trocentas cirurgias que fizera, seu *personal* achou que a missão de fazer o corpo de uma ex-setentona/neocinquentona parecer com o de uma trintona seria quase missão impossível. Para se fazer de imprescindível e, claro, receber uma boa grana, a treinaria pesado sete dias por semana, duas vezes ao dia e "dessa maneira a velha vai logo pedir arrego, desistindo de querer o que jamais voltará a ser". Só que não. A solteirona tinha uma força de vontade descomunal e, como não fazia mais nada na vida além de cuidar da própria aparência, a cada dia sua vitalidade aumentava e aos poucos seu corpo realmente foi ganhando massa muscular e ficando cada vez mais torneado. Tanto o *personal* quanto a *entourage* calaram a boca diante da sua transformação, tomando-a como um exemplo vivo a ser seguido. Para comemorar suas recentes conquistas estéticas de neotrintona, resolveu dar uma festa em sua mansão contratando a melhor *promoter* para selecionar uma lista só de convidados ricos e famosos, chamando também profissionais para organizar os serviços de decoração de uma renomada loja e o serviço do mais caro e prestigiado restaurante da cidade. Tudo tinha de estar nos trinques para que a sociedade reconhecesse seu rejuvenescimento.

Nessa festa foi apresentada a um jovem ator de TV, apaixonando-se imediatamente e ficando disposta a conquistá-lo a qualquer custo. Para tanto, se esforçaria ainda mais para aprimorar o processo de sua transformação física. Quando conseguiu a aparência exterior que desejava e realmente poderia se passar por uma mulher bem mais jovem, tratou de bolar uma maneira de se aproximar do ator. Imaginando que o já conhecido "detalhe" de sua verdadeira idade não atrapalharia sua intenção de jogar as tranças para o jovem ator, marcou um jantar íntimo que imediatamente foi aceito. E que melhor motivo teria ela para passar os próximos dias se produzindo para fisgar o galã, não é mesmo?

Eis que chega a grande noite. Tão desacostumada estava em cortejar um homem que esqueceu de comprar preservativos, acreditando que talvez devesse rolar um namoro antes de consumar o ato. Sim, ela ainda era *old school* em matéria de sexo. Estava esplendorosa num vestido ousado que mostrava um par de seios firmes e pernas vigorosas para galã nenhum botar defeito. E ele não botou nenhum defeito mesmo, pois depois do jantar à luz de velas e Barry Manilow como trilha sonora, avançou o sinal, a carregou para o sofá e lá mesmo transaram cegos de desejo. A notícia do caso entre a "milionária sem idade" e o jovem ator ambicioso causou comoção nas redes sociais. "Ele está com ela pelo dinheiro", diziam uns. "Ela está com ele para aparecer na mídia", diziam outros. A verdade é que realmente ambos estavam apaixonados e não demorou a exibirem alianças de noivado, para sofrimento dos invejosos.

A última notícia era que o casal radiante anunciava aos quatro ventos a festa nababesca de casamento já marcada para dali a uma semana, quando então todos os movimentos seriam transmitidos ao vivo pelas redes sociais, além de uma entrevista exclusiva que seria concedida a um famoso programa de TV.

Nessas alturas dos acontecimentos já moravam juntos, mas, pensando bem, um casamento nos moldes hollywoodianos seria sempre um acontecimento para "normaloides" e suas miseráveis vidinhas, não é mesmo? Se consideravam até generosos em dividir com pobres infelizes suas ricas aventuras amorosas. A festa foi sucesso de público em todos os veículos de comunicação, comentários sobre o milionário vestido branco da noiva, o bolo de cinco andares, a festa com a presença de políticos de altos cargos administrativos e celebridades do mundo artístico fizeram a alegria dos fofoqueiros de plantão, que se referiam a eles como "o mais bizarro casal feliz do mundo".

Um dia lá, ambos conversando sobre o futuro dos dois, o jovem ator confessa seu maior desejo: queria envelhecer precocemente para provar que a amava a despeito da diferença de idade. A emocionada socialite tão impressionada ficou com aquela declaração que entendeu perfeitamente a vontade de ser quem não era e se comprometeu a realizar quantas cirurgias o maridinho quisesse para atingir seu objetivo de se transformar num vigoroso septuagenário. Imaginaram que o fato não iria atrapalhar a carreira de ator, mesmo porque, haveriam de contratá-lo para papéis mais relevantes por conta de sua transformação física. As cirurgias de implantes de pelancas e rugas no rosto foram um sucesso, a mídia aguardava ansiosamente a primeira foto do novo velho homem. Fofoqueiros comentavam que os papéis deles foram trocados externamente, mas que na realidade seriam sempre uma idosa papa-anjo e seu garotão golpe do baú. Mas a torcida dos do contra não vingou. Lá estavam eles na capa de uma famosa revista de fofocas posando felizes dentro de seus novos corpos, onde ela também exibia orgulhosa uma recente e vitoriosa plástica nas mãos.

Programas diários de TV tratavam a saga dos dois como "a esposa anciã jovem e seu jovem marido velho". Médicos e psiquiatras discutiam e duvidavam da possibilidade daquele quadro clínico continuar dando certo. Parecia que todos aguardavam a tragédia anunciada de que futuramente a milionária poderia virar uma múmia viva e seu marido aventureiro um Liberace às avessas. Diante de tantas conquistas estéticas ninguém mais se atrevia a fazer previsões, mesmo porque entre eles a vida parecia o conto de fada mais incomum que se poderia imaginar.

Numa viagem de férias ao exterior, onde ninguém os conhecia, surgiu a ideia de renovarem radicalmente os votos mútuos de amor eterno. Dessa vez iriam trocar de sexo. Ela queria experimentar viver sendo um homem jovem e ele se transformaria no que ela fora no começo de tudo: uma mulher vetusta. As cirurgias do transplante de pênis nela e da castração do órgão genital dele foram um sucesso, agora cada um seguiria com suas doses de testosterona e estrogênio. Passariam um tempo se convalescendo até voltarem ao país como se nada houvesse e os fofoqueiros que se virassem para explicar o inexplicável. Haja dinheiro para custear os milagrosos poderes das plásticas com os melhores cirurgiões do planeta. No caso deles valeu cada milhão de dólar pago. O que aqueles dois não faziam para conseguir realizar seus sonhos mais exóticos, não é mesmo? Ambos se amariam não importasse quem era quem dentro daqueles corpos. Nas festas, eram observados com espanto e todos comentavam a impressionante mudança física, tão bem-feita que até os amigos mais chegados surpreendiam-se, ali estava o exemplo de que quando dois querem um não briga.

Mas a definitiva prova de amor ainda não se completara. Eles queriam um filho, e como já era quase impossível dizer quem era o macho e quem era a fêmea do casal, optaram por contratar uma barriga de aluguel e cobririam todas as despesas da moça recrutada para realizar o grande sonho. E o que não faltou foram pretendentes ao cargo. Escolheram uma jovem de vinte anos, bonita e simples, acanhada e insegura, limpa e educada, perfeita para o que pretendiam. Para ela, que não conhecia a história do casal, não entendia o que pretendia aquele jovem marido casado com uma velha que não lhe podia dar filhos. Ouvia comentários sobre a possível troca de sexo que teria acontecido entre eles, mas as plásticas eram tão bem-feitas que a moça duvidava do boato e seguia com a gravidez, agora já bem avançada. A ex-septuagenária--atual-marido se percebia mais carinhosa com a dona da barriga e não sabia se fora acometida/o do espírito maternal ou da proteção normal que um macho dedica à sua prole. Por outro lado, o neossetuagenário-atual-esposa também tratou de oferecer apoio, os resquícios de um ex-macho também se faziam presentes. Resumindo: para o bem da criança que iria nascer, formou-se um triângulo amoroso platônico e a convivência gerou uma aura mágica entre eles, sendo que brevemente a moça daria à luz e era preciso planejar como seria o futuro da família. Sem perder tempo e para a felicidade geral, o casal achou por bem convidar a moça para morar definitivamente com eles, o que ela, agradecida, aceitou no ato. Os laços afetivos haviam se tornado tão fortes que o esperado seria continuarem convivendo na paz e no amor de um *ménage à trois*.

Como esperado e desejado, o bebê nasceu lindo e forte trazendo o que se poderia traduzir como a mais completa felicidade que um "casal de três" poderia imaginar. A mãe biológica tinha leite em abundância e cada amamentação era sempre registrada com centenas de fotos, filmes e mil sorrisos. Aconteceu que quando o bebê saiu da barriga, o pediatra ficou surpreso mas, vindo de quem vinha, achou "normal" tais características, e na hora de preencher o primeiro documento da criança escreveu no quesito sexo: hermafrodita.

A festa do batizado foi noticiada com toda a pompa e circunstância. Lá estavam felizes: o papai que era a mamãe um, a mamãe que era o papai e a mamãe dois, que pariu o *baby*.

— Como é o nome do neném? — perguntou um jornalista.

E os três juntos responderam:

— Maria José. Ou José Maria. Tanto faz.

Hã?

A MENINA PUNHA CABELO PELA BOCA. Na verdade eram tufos fininhos e esverdeados parecidos com grama. A cena bizarra beirava o repugnante, cresciam do fundo da goela, subiam pela língua e desaguavam entre dentes e lábios. A coisa durava segundos e acontecia sempre que passava por algum estranhamento existencial, tipo quando cruzava na rua com alguém que fazia o sinal da cruz, num gesto inconsciente de autoproteção, e a persignação engatilhava automaticamente o dispositivo "monstra" ali mesmo, às vistas de todos.

Curioso que ao mesmo tempo em que assustava vomitando tufos, esses também operavam milagres para quem tivesse coragem de puxá-los de sua boca com habilidade suficiente para não ser mordido. Os raros sortudos que conseguiram tal façanha foram agraciados com curas imediatas desde cegueiras a uma simples dor de ouvido. Daí que quando ela saía de casa havia sempre um na cola para lhe dizer um "cruz-credo" e assim desencadear a metamorfose em lobisomem, no caso, lobismenina.

A aldeiazinha de Florada já entrara no mapa das romarias por conta dos boatos sobre suas golfadas milagrosas. Vinha gente das vizinhanças que conhecia apenas o lado bonito da história e volta e meia ganhava uma inesperada dentada. Os nativos meio que escondiam tal faceta, pois Florada ganhava um bom dinheirinho com o turismo dos fiéis.

A menina tinha nome, ninguém sabia exatamente qual porque era conhecida como "a diabinha de Deus". Seus pais, dois matutos, não se importavam com o apelido pois recebiam um por fora para facilitar um possível encontro, o que nunca acontecia, uma vez que a garota só confiava em seus três fiéis amigos: o gato Jasmim, a coveira Rosa e a professora Dália.

O pároco da Igreja de Santa Margarida não se metia a entender os caminhos do Senhor e mantinha distância dos casos, se recusando a exorcizar a pequena. O pastor da Assembleia dos Cravos até que tentou expulsar o demônio, mas depois de levar uma bela mordida parou por aí. O terreiro de Mãe Hortência entendia que a entidade que baixava nela não pertencia às divindades da casa. Todos por lá tinham nomes de flor, daí o nome Florada.

Por essas e por outras a "santinha do diabo", como também era conhecida, só saía de casa para passear no pequeno cemitério da cidadezinha, onde perambulava entre os túmulos e conversava sozinha. Rosa, a coveira, foi a primeira beneficiária dos poderes de cura ao puxar sem querer uns fios quando acudiu a menina de um ataque depois de um "êta capeta" dito por um nativo escondido atrás de um túmulo ao ver a garota andando por lá. O pé torto que desde nascença fazia Rosa mancar fez zump! e virou no lugar. A partir de então a mulher passou a ser sua maior defensora, enxotando engraçadinhos com a mesma pá que enterrava defuntos.

Mas o verdadeiro guardião era o gato preto Jasmim, que pulava de unhas e dentes em quem ousasse entrar na casa dela sem antes pedir permissão. Isso valia tanto para os pais quanto para visitas interesseiras e bisbilhoteiras. O gato e a menina eram unha e carne e sempre eram vistos juntos quando das visitas ao cemitério.

Ah, mas não era nada boba aquela ervinha danosa, pois sabia como ninguém vestir a personagem de coitadinha às avessas e tirar partido da situação, tipo ao exigir que a professora Dália viesse diariamente a sua casa evitando que as crianças da escola local corressem riscos desnecessários ao troçarem dela. Os agraciados por seus milagres faziam questão que não lhe faltassem alimentos, roupas e o que mais a milagreira precisasse, sendo que o pequeno posto de um só policial nunca levava o caso adiante quando uma vítima de mordedura buscava justiça, simplesmente aplicava uma injeção antirrábica e mandava andar.

No fundo, Florada tinha orgulho de sua filha mais ilustre, que trazia cada vez mais gente em busca de alívio, formando uma fila em frente à sua casa, sendo sempre atendidos por dona Rosa, que explicava as duas únicas circunstâncias em que a pequena se dignava a aceitar com brandura sua missão: curar crianças e bichos. Quanto aos adultos, tinha poder de ressuscitá-los ou não, caso fossem merecedores de sua compaixão. Quando muito, fazia-os cair num sono profundo e ao acordarem não se lembravam que estavam doentes nem como foram curados.

Toda sexta-feira atendia três crianças ou três animais. As sessões aconteciam no quintal da casa sob um pé de manacá onde Jasmim lhe ronronava ao ouvido algo do tipo: "Esta criatura merece seus lindos cabelos". Mansamente ela punha seus tufinhos esverdeados e a mágica se realizava assim que os doentes eram tocados por eles.

Houve uma vez em que o pai de um bebê prestes a ser curado de cólicas se interpôs entre ambos na intenção de se livrar do alcoolismo e tudo foi por água abaixo quando a monstrinha lhe arrancou o dedinho da mão com uma bocada certeira e o homem foi beber para esquecer a vergonha. O caso caiu na boca do povo e os nativos nunca mais tentaram outra gracinha de aparecer sem serem convidados, e o respeito às regras começou a vigorar sem outros sobressaltos.

Até que um belo dia a menina amanheceu falando uma língua estranha e a professora Dália não conseguia entender nada do que dizia. Sem saber a quem recorrer, foi direto buscar a enfermeira do posto de saúde.

— Se você me garantir que a pestinha não vai me morder posso ver se descubro o que está acontecendo com ela.

— Posso te garantir que não haverá mordidas — falou a professora. — É um caso intrigante, a senhorita vai ver.

Foram recebidas na porta pela coveira e entraram no único cômodo da casa, onde viram a menina conversando animadamente com seu gato e ambos mal olharam a visita. Antes que Jasmim avançasse, Dália disse:

— Ela é uma amiga minha, fique tranquila.

A menina ignorou a apresentação e continuou falando naquela língua como se ninguém além do seu gato estivesse lá com ela. Impressionada com a cena, a enfermeira não teve certeza de qual idioma era aquele e sugeriu contactar alguém mais especializado. Para tanto, telefonaria a uma escola da capital explicando a situação.

Miguel, professor de um colégio em Manaus, ouvia atento o que a mulher lhe contava pelo telefone e no mesmo instante, em sua cabeça, passou um flashback dos sonhos que ultimamente andava tendo: uma pequena figura feminina lhe aparecia repetindo uma determinada palavra da qual, ao acordar, não conseguia se lembrar. Ficou tão interessado no caso que combinou uma visita *in loco* para tentar desvendar o caso. Calculou que de Manaus até Florada levaria mais de cinco horas por um caminho esburacado e, como o lugar era distante, Miguel pensou em talvez pernoitar por lá. Ao ficar sozinho pensou com seus botões:

°°°Essa história está muito mal contada, mas me deixou com a pulga atrás da orelha. Por que cargas d'água uma indiazinha que mora no meio do nada amanhece falando outra língua?°°°

No dia seguinte arrumou a mochila, pegou seu Jeep e partiu cedinho a caminho do ponto onde a enfermeira o esperaria para levá-lo direto à casa da "praguinha de Florada", como também era conhecida. Lá chegando, Jasmim se aninhou entre as pernas dele fazendo o ritual de "seja bem-vindo", ao mesmo tempo que barrava a entrada da enfermeira com um belo arranhão. O professor entrou sozinho e se deparou com a menina de olhos fechados, sentada em posição de lótus, então se manteve em silencioso respeito aguardando um sinal qualquer. Foi quando ela lhe sussurrou telepaticamente:

— Qual a palavra do sonho?

— Quando acordo, não lembro mais. — Miguel entendeu imediatamente ao que ela se referia.

— Está escrita no muro.

— Qual muro?

— Cabe a você encontrá-lo em São Paulo.

— Como vou saber identificar?

— Use sua bússola humana. — E com essas palavras a menina tornou a se fechar na posição de lótus.

Miguel saiu de lá encafifado. A história ficava cada vez mais surreal. Dália e Rosa o esperavam na porta do Jeep perguntando que língua afinal era aquela. Confuso, ele respondeu rapidamente:

— Nenhuma e todas.

O impacto foi tanto que Miguel esqueceu a longa distância e encarou outras cinco horas de estrada de volta, horas que passaram despercebidas enquanto meditava se devia ou não seguir o que aquela garota amalucada lhe sugerira.

Chegou a Manaus decidido a ir adiante na empreitada. A curiosidade o consumia. Ainda tinha duas semanas de férias até as aulas recomeçarem. Partiria no dia seguinte para a capital paulista na missão quase impossível de encontrar uma palavra-chave entre os milhões de muros da cidade. Haja intuição e sorte. Naquela mesma noite mais uma vez sonhou com a pequena figura feminina repetindo a tal palavrinha, só que agora ela assumia contornos mais precisos, revelando o rosto da indiazinha.

Ele telefonou para Gabriel, seu primo esquisitão, a ovelha negra da família que morava em São Paulo onde trabalhava como programador do planetário da cidade, e conta-lhe o caso em que se meteu.

— Meu, que história maluca essa! Se você não se importar em dormir aqui no meu cafofo, vou adorar brincar de Sherlock também. Aliás, conheço uma vidente que pode nos ajudar. Ela encontrou meu cachorrinho que estava perdido, você acredita? E tem mais: por esses dias teremos um fantástico alinhamento no céu do Brasil que só acontece de duzentos em duzentos anos!

Naquela altura dos acontecimentos Miguel já não duvidava de mais nada e combinou do primo ir buscá-lo no aeroporto no dia seguinte. Nem bem o fusquinha de Gabriel entrou na avenida Marginal, o professor deu de cara com uma encardida avalanche visual de pichações por todos os lados. Aquilo o deixou ainda mais desesperançado. A chance de pescar uma palavrinha dentro daquele mar de rabiscos seria remota.

— Meu, relaxa, a cidade inteira tá cheia de pichos. Os manos nas madrugas escalam até prédios para marcar caracteres que só as gangues de pichadores entendem. Não significam absolutamente nada, não acho que sejam "mensagens do além". Na minha opinião, deveríamos focar nos grafites, isso sim é uma expressão rica de arte podendo conter revelações inesperadas que conversam com nossas inquietações interiores. O que você pensa disso?

— Pelo método objetivo de eliminação, acho que sua tese procede, mesmo porque temos que começar por algum lugar, não é? Você sempre foi meio malucão, o que neste caso isso pode ser uma virtude. Vou deixar minha racionalidade um pouco de lado e pegar carona na sua intuição.

Seria Gabriel a sua "bússola humana"?

O apê do primo não era o muquifo que imaginou. O pequeno espaço abrigava quarto/sala/banheiro/cozinha modestos, mas limpinhos. O que o impressionou foi a super-mega-hiper organização. Gabriel tinha TOC, daqueles que um mero alfinete fora de lugar lhe causava ansiedade, de modo que o visitante teria que se adequar aos estranhos padrões comportamentais do hospedeiro caso quisesse manter a intenção de não irritá-lo. Até seu vira-lata Boris era educadinho e ordeiro, vindo recebê-los com lambidas e o rabinho abanando tipo "oba, outro humano para brincar e me levar passear!".

Entre as manias do primo, Miguel notou na estante de livros sobre astronomia as imagens de duas figuras aladas, uma como se estivesse declamando algo, a outra com sua espada transpassando um demônio e pensou: "Oh, céus, só falta ele estar metido com satanismo!".

Ficou combinado que dia seguinte, depois do café da manhã, levariam Boris ao passeio matinal e a seguir começariam as buscas de Fusquinha pelas ruas de São Paulo, onde fotografariam os muros para depois escanearem cada pedacinho dele. O plano era começar pelo centrão. Deixariam o carro num estacionamento e andariam a pé pelas redondezas, repetindo a cena até cobrirem o máximo de ruas da área.

Depois de dois dias nessa missão, não encontraram nada relevante, então partiram para esquadrinhar os bairros principais e foram outros três dias desanimadores de muita sujeira para pouca arte.

Enquanto isso, em Florada, o comportamento da menina se mostrava cada vez mais grotesco, passando agora a vomitar uma nova bizarrice e Dália mais uma vez, sem ter a quem recorrer, foi buscar a ajuda da enfermeira.

— Até a cor da pele dela mudou, está marrom. E em vez de fios deu de pôr pela boca um emaranhado de folhas e fica gritando repetidamente uma palavra que eu não entendo. Por favor, venha correndo!

Em São Paulo a dupla de primos se preparava para mais um dia de caça por um determinado escrito que não sabiam qual era, num determinado muro que não sabiam onde ficava, uma missão quase impossível em se tratando da maior cidade sul-americana. Estavam quase saindo de casa quando Miguel recebe um telefonema da enfermeira que não dizia coisa com coisa e, para completar, a ligação estava péssima.

— Está pondo folhas... Gato não deixa chegar perto... Grita uma coisa que ninguém entende...

— O que ela grita?

— Uatchau, uatchau, uatchau.

Ainda meio atordoado com o telefonema, o professor pegou a coleira de Boris e foi dar uma volta para espairecer, mesmo porque o primo também recebeu um chamado urgente no trabalho. Uma hora lá, passeando pelas ruas, o cachorro puxa a coleira mais forte, demonstrando que sabia onde queria fazer xixi e Miguel o seguiu. Foram parar embaixo de um viaduto e em uma das colunas que o sustentava havia o grafite de um astro incandescente entrando na atmosfera em colisão com o mapa do Brasil de onde saía uma boca que gritava: *"Watch out!"*. Imediatamente sentiu um zumbido dentro do ouvido, um *tinnitus* abafava o barulho ao redor e num estalo a ficha caiu.

— Peraí... Essa é a palavra dos meus sonhos! Em inglês significa "Tome cuidado". Para quem não conhece a língua, *"watch out"* pode soar mesmo algo como "uatchau". Tomar cuidado com o quê? Será que estou ficando louco e antes que pire de vez devo deixar isso tudo para trás e voltar a tocar minha vida adiante?

Chegando no apartamento, encontrou Gabriel mergulhado no computador. Tão compenetrado estava que nem percebeu a presença do primo e quando este perguntou o que estava pesquisando, respondeu que foi avistado um meteorito de grandes dimensões numa remota região amazonense. Ligaram a TV e lá estava a notícia de que a desconhecida e minúscula aldeia de Florada havia sumido do mapa devido à queda de um meteorito. Os únicos sobreviventes seriam uma garota e seu gato, que foram removidos para um posto de saúde na cidade mais próxima.

Miguel ligou para a enfermeira, mas não houve resposta.

— Preciso ir lá resgatar a menina, não posso deixá-la sozinha no mundo, me considero seu responsável agora que todos os que a rodeavam se foram — declarou Miguel.

Voltou a Manaus e depois de dois dias de viagem chegou onde estava a menina. Um policial florestal veio recebê-lo:

— Senhor Miguel, que bom que chegou. Sua sobrinha disse que o senhor viria buscá-la logo. Considerando a tragédia, foi um milagre terem sido encontrados vivos sem nenhum ferimento. É uma menina estranha, mas bem articulada, e o gato não arreda o pé do lado dela. Boa sorte para vocês!

Lá estava Miguel prestes a adotar uma garota que mal conhecia, com hábitos incomuns, que o havia feito viajar a São Paulo em busca de uma palavra escrita num muro, que previra a queda de um meteorito, que sobrevivera a sua família e amigos, que além do seu gato não tinha mais ninguém no mundo para cuidar dela, aquela indiazinha que agora o chamava de tio.

Durante as cinco horas de volta a Manaus, o professor, a menina e o gato permaneceram em silêncio, talvez pensando no que o futuro reservava para cada um. Uma coisa os três sabiam: nada seria como antes, se melhor ou pior, só o destino diria.

Chegaram exaustos, mas a novidade da situação obrigou Miguel a tomar o primeiro passo:

— Ok, minha primeira pergunta é: qual o seu nome, ou como posso chamá-la?

— Aza. Pode me chamar de Aza.

— Pois bem, Aza, enquanto preparo sua cama e algo para a gente comer, você toma um banho. O chuveiro fica ali, aqui está sua toalha. Amanhã saímos para comprar umas roupas novas para você, combinado?

Na primeira noite correu tudo nos conformes. Miguel dormiu no seu quarto e a menina no sofá da sala com Jasmim aninhado aos pés. Nos dias que se seguiram o professor foi conhecendo melhor quem era aquela pessoinha com quem agora dividia sua vida, avaliando sua capacidade de compreensão da nova realidade que se apresentava, seu nível acadêmico para que frequentasse uma escola e todas as questões que um "tio" precisaria saber. Quando perguntou sobre o que gostaria de comer, ela prontamente respondeu: mandioca, cenoura, beterraba e batata. Fisicamente a menina aparentava entre cinco e seis anos de idade, mas, pelo seu intelecto, Miguel desconfiava que teria por volta de dez. Com uma observação mais acurada, avaliou que tinha dificuldade para ler e escrever, em compensação seu vocabulário era bem adiantado para quem vivia num fim de mundo.

Nos primeiros dias, não aconteceu nenhum episódio de vomitar cabelos nem folhas. Na medida do possível, Aza se comportava como uma criança normal. A princípio, como já era esperado, se sentiu um tanto deslocada, mas com o tempo foi se adaptando aos modos e costumes dele, que agora pensava na eventualidade de escolarizá-la em casa até que pudesse acompanhar uma turma de mesma capacidade acadêmica.

Um dia, acordou mais cedo e encontrou a garota mexendo com desenvoltura no seu iPad. Ficou impressionado porque nunca imaginara que a indiazinha conseguisse sequer ligar o aparelho, quanto mais entender como funcionava.

— Tio Miguel, chegou um e-mail aqui. Acho melhor você ler. Seu primo disse que é urgente!

Ainda transtornado para processar o fato de Aza ter demonstrado conhecimento informático, se concentrou e começou a ler a mensagem de Gabriel.

Meu, fiz uma puta descoberta! Boris me conduziu a outro muro onde também estava escrito "Watch out!". O grafite era um avião numa situação de emergência sobrevoando a torre Eiffel! Pergunte à sua "sobrinha" se por acaso ela sabe quando isso vai acontecer.

Como se lesse os pensamentos de Miguel, a menina falou:
— Não é a Eiffel de Paris, é esta aqui. — E mostrou no iPad a foto da torre com o mesmo design da parisiense que ficava no topo de um conhecido edifício da avenida Paulista, em São Paulo. — E não é avião. É um helicóptero.

Imediatamente Miguel ligou para o primo para contar o que acabara de saber e que não duvidava ser verdade.

Gabriel começou a mexer os pauzinhos tentando avisar empresas aéreas que prestavam esse tipo de serviço e, é claro, foi sumariamente ignorado. Como dar ouvidos a um maluco metido a médium sem provas consistentes? O que lhe restava era ficar de tocaia no pé do edifício avisando para que ninguém entrasse no local e também filmar o acidente no momento em que acontecesse provando que sua advertência procedia.

Infelizmente nada nem ninguém conseguiu evitar a tragédia onde três pessoas morreram. O prédio foi evacuado e a tal "pré-visão" daquele maluco foi totalmente esquecida.

Em Manaus, o professor tinha várias perguntas ainda na ponta da língua, uma delas era de onde vinha o poder de cura das esquisitices que a menina punha pela boca. Seria uma espécie de hipnotismo coletivo onde as pessoas eram levadas a acreditar que seriam tocadas por algum espírito superior? Por enquanto, preferia não tocar no assunto com medo de desencadear uma reação negativa, não saber lidar com a situação e tudo ir por água abaixo.

Enquanto meditava sobre essas questões, recebeu um telefonema da irmã dizendo que sua mãe sofrera um enfarte e fora hospitalizada. Sem ter com quem deixar Aza, levou-a consigo, não sem antes notar que Jasmim ronronara no ouvido da menina e que a partir dali ela se manteve em silêncio durante todo o caminho. Entraram no quarto e eis que ao pé da cama a menina imediatamente começou a vomitar flores pela boca e assim que tocaram a mulher, esta abriu os olhos fazendo uma graça:

— Quem está usando esse perfume tão cheiroso?

E o milagre aconteceu a olhos vistos na presença do médico, das enfermeiras, da irmã e do próprio professor. Não havia uma maneira racional de explicar o que tinham acabado de testemunhar. Trocaram olhares num misto de alegria e pavor e sem dizer palavra se retiraram do quarto, estarrecidos. Melhor não comentar nada, retomar suas vidas e tentar dormir com um barulho daqueles dentro da cabeça. Miguel finalmente presenciou a cena de que tanto ouvira falar e ficou confuso.

Chegando em casa, ele vê Jasmim, feliz da vida, pular no colo dela e os dois passam a conversar animadamente. Uma hora lá o professor toma a decisão de questionar a indiazinha diretamente:

— Primeiro gostaria de lhe agradecer por ter curado minha mãe. Só gostaria de entender o que aconteceu lá para poder lidar com o fato de você ter essa particularidade e também ajudá-la como for melhor. Como você me explicaria isso, se é que dá para explicar?

Aza apenas respondeu:

— Eu sou uma menina-planta, conheço os segredos da terra.

E sem maiores explicações pegou seus lápis de cor e junto com o gato se pôs a desenhar.

Miguel ficou boquiaberto, teria que processar a informação, estudar o assunto a fundo, consultar gente que pudesse esclarecer o que significava ser uma "menina-planta". De todas as maneiras, a resposta dela o deixou com muito mais perguntas e resolveu escrever um e-mail para Gabriel pedindo orientação de por onde começar a procurar algo que pudesse elucidar aquela revelação absurda e minutos depois recebe uma ligação do primo.

— Meu, já pesquisei o assunto e o máximo que descobri foi um caso em Bangladesh, onde existe o que eles chamam de *tree man*, um jovem cujas extremidades do corpo, mãos, braços, pés e pernas desenvolveram galhos, o que não é o caso dela. Fora isso, não há no mundo nenhuma "menina-planta" que vomita, cura e faz previsões. Estamos lidando aqui com algo inédito. Quer um conselho? Traga-a para cá e consultaremos especialistas alternativos. São Paulo tem um monte de gente esquisitona que lida com todo tipo de aberração... Ops, com todo o respeito.

A ideia não era má. No dia seguinte mesmo já trataria da viagem. Teria que levar Jasmim também, a menina e o gato eram inseparáveis. O apartamento de Gabriel era pequeno e ainda havia Boris. Será que daria para acomodar todos naquele pequeno espaço? Resolveu perguntar ao primo, que o acalmou pelo telefone:

— Sem problemas, tenho um saco de dormir que uso quando vou acampar com o Boris. Aqui a gente se vira, é só não bagunçar meu pedaço que tudo vai dar certo, mesmo porque estou curioso para conhecer a garota e seu gato de botas. Me avisa quando chegam que busco vocês no aeroporto.

Miguel comprou uma bolsa de viagem para o gato e conseguiu que embarcassem todos juntos no avião. Aza ficou encantada olhando o céu da janelinha e Jasmim dormiu tranquilo o trajeto inteiro. Já em São Paulo, quando o Fusquinha do primo entrou na avenida Marginal, a garota exclamou:

— É uma floresta de cimento!

Assim que chegam no apê, ao contrário do que imaginaram, Jasmim e Boris se cheiraram e se entenderam de cara, animais civilizados. Aza bateu os olhos nas imagens das duas figuras aladas na estante de livros, sorriu e disse:

— São vocês dois, né?

— Sim, Gabriel e Miguel, o mensageiro e o protetor, dois arcanjos de nossa devoção, apesar do meu primo aqui não saber disso.

Passaram o resto do dia assistindo à TV, se divertindo com as brincadeiras de Boris e Jasmim e pesquisando sobre quem poderia ajudá-los. Gabriel por fim encontrou uma informação no computador.

— Olha isto aqui: "Cientista estuda morfologia vegetal em humanos, ou a parte *planta* que compõe o nosso corpo". Algo me diz que é por aqui que devemos começar. O cara trabalha no Jardim Botânico, vou ligar para lá e marcar um encontro, o que você acha?

— Você é o "arcanjo mensageiro", não é? Então vamos nessa.

Assim foi que dali a dois dias o cientista os recebeu e se inteirou do histórico de Aza. Ao examiná-la mais minuciosamente notou que sua temperatura e pressão não correspondiam ao que se poderia qualificar como normal, simplesmente não existiam. Puxou um fio de cabelo, examinou no microscópio e viu tratar-se de algo com características semelhantes ao cipó. Mas foi quando colheu sangue que, perplexo, constatou que aquilo não era sangue, era seiva.

— Não sei explicar em termos científicos porque este é o primeiro caso que conheço de um ser humano apresentar quase as mesmas características de um vegetal, não existe antecedentes. Pelo que pude constatar, eu classificaria o vegetal em questão como sendo do gênero *Rhododendron azalea*, mais conhecido como azaleia, de origem chino-japonesa, a flor considerada como um dos símbolos da cidade de São Paulo.

Os primos saíram de lá perplexos com o diagnóstico... Então era por isso que ela se chamava Aza... a menina Azaleia de Florada.

Na volta pararam no Planetário do Ibirapuera e deixaram Gabriel lá enquanto iam dar uma volta pelas redondezas do parque que ambos ainda não conheciam. Até que enfim um pedacinho de verde no meio daquela megasselva de concreto cinza. Sentada à beira do lago ao lado de Miguel a indiazinha disse:

— Quero morar aqui quando virar semente.

— Como assim?

— Já pus tufos, folhas e flores pela boca, logo mais vou murchar e desovar sementes, estas devem renascer em solo firme. Promete que me plantará aqui?

— Não entendo o que você está falando, mas prometo.

Realmente nos dias que se seguiram, os primos começaram a observar que a "diabinha de Deus" encolhia a olhos vistos, como uma planta que já cumprira seu tempo de vida.

Um belo dia de manhã se depararam com vários galhinhos secos sobre a mesa da cozinha e ao lado destes Jasmim, sentado na posição de esfinge, fazendo guarda a um punhadinho de sementes. Ambos souberam na mesma hora o que deveriam fazer. Foram ao Ibirapuera e, ao lado do Planetário, perto da beira do lago, cavaram buraquinhos e jogaram uma sementinha de Aza em cada um deles.

A pedido do primo e para contentamento de Boris, Miguel deixou Jasmim em São Paulo aos cuidados de Gabriel. Mal chegou de volta a Manaus e o primo paulista lhe telefona, excitadíssimo:

— Meu... logo depois que você saiu daqui eu tive uma enxaqueca de enlouquecer os miolos, nem podia abrir os olhos, e adivinha o que aconteceu: Jasmim vomitou uma bola de pelo e pfiu! A dor sumiu!

O CONFETE

COM O GARBO DE UMA GRETA gótica ela passeava por entre os foliões do bloco de rua sem se contaminar pela alegria que, segundo a mesma, era irritantemente artificial. Ninguém realmente estava feliz, todos lá disfarçavam seus desesperos existenciais sob máscaras de pierrôs e colombinas e nesse quesito se sentia peixe fora d'água por não se esconder atrás de uma fantasia. O pesadelo de estar viva era muito real, sofria de profunda depressão quando via gente descontraída rindo sem saber por quê, nus e abobados, tão desprezíveis quanto odiáveis. Seu mundo era outro, preferia mergulhar no seu caos particular a compactuar com aquele teatro sórdido que representava uma falsa alegria com hora marcada para terminar, para então todos retomarem o enfadonho dia a dia das rotinas de suas vidinhas sem sentido.

Devia ter ficado em casa, pensou, mas daí não iria destilar seu veneno sobre aquelas pobres almas que ambicionavam tão pouco do mundo e se satisfaziam em suar e beber como porcos descontrolados mijando e vomitando nas calçadas, gente que se divertia apesar da catástrofe política do país, da pornográfica pobreza intelectual de seus comandantes e da insensibilidade espiritual de seus destinos. Iria ficar lá apenas para vuduzar aquela gente que não se tocava do ridículo de serem elas mesmas, iria ficar lá como uma nota destoante na partitura daquele carnaval dos animais. Talvez acontecesse uma tragédia anunciada, quem sabe um crime passional com um casal flagrando um deles beijando de língua outros foliões, ou trepando atrás de uma árvore. Ela iria salivar de prazer. Talvez um batedor de carteira sendo linchado em público, ou alguma exibida estuprada por machões revoltadinhos com a emancipação feminina. Ah, seria tão gratificante ver todos se autodestruindo como cupins enlouquecidos. Nada como aparecer um cadáver para a ficha cair e tudo virar uma tragicomédia mexicana onde cada um seria condenado à prisão perpétua com uma bola de ferro no pé, aí quero ver dançar e pular, pensava ela.

Dez horas da noite, a folia termina e ela volta para casa exausta de tantas maledicências, comemorando seu baixo-astral. Foi quando viu no espelho o pontinho de um único confete ainda grudado no seu cabelo. O impacto daquela visão a faz chorar de ódio por trazer consigo uma partícula da alegria que não sentiu, das selfies que não compartilhou, das cores que não vestiu, dos amores que não conheceu.

Entra no chuveiro e canta a plenos pulmões:

— Tristeza não tem fim, felicidade sim...

O PLANO

°°°Que planeta lindo! Esses mares e rios caudalosos, essas terras producentes, essa fauna diversificada, essa flora verdejante, essas montanhas poderosas, esses desertos misteriosos, tudo ali é exuberante. O Universo estava mesmo muito inspirado quando o criou, é muita beleza num só planeta. E que delícia deve ser respirar oxigênio produzido pela fotossíntese de zilhões de plantas, um verdadeiro milagre dentro do sistema solar deles onde nenhum outro personagem possui tal característica. Sem falar na água, esse fenômeno maravilhoso de onde vieram todas as espécies que lá habitam. Falando nisso, o único aspecto destoante desse paraíso é sua civilização atrasada, um povo que antes de dar bom-dia puxa uma arma e atira. Os humanoides não se dão conta de viverem num lugar privilegiado onde raramente ocorrem tragédias de dimensões cósmicas, parece que há uma proteção invisível permitindo que se multipliquem aos milhares. Por essas e por outras, há muito tempo observamos esse planeta acompanhando de perto sua evolução mesmo que habitado por criaturas bélicas como aquelas. Deixa estar, não vai demorar muito até que os terráqueos se autodestruam e daí sim o planeta conhecerá dias de glória conosco no comando e cuidando para não atrapalhar o plano da Divina Mãe Natureza. Já que esperamos até agora não custa mais uns séculos até que possamos povoá-lo sem problemas. Desde que os humanoides descobriram a energia atômica nós ficamos em estado de alerta, esses primatas não sabem com o que estão lidando, o poder de destruição nesse nível compromete toda uma dimensão interestelar que estupidamente desconhecem. Pior é que não devemos interferir no livre-arbítrio deles, não nos cabe nos intrometer no destino que escolhem para si mesmos. Temos de ter paciência e aguardar até que se extinguam, caso contrário destruirão o planeta e isso não vamos permitir mesmo. Sabemos que há entre eles gente pacífica sabedora de nossa existência e do que pretendemos, que é tomar posse do globo e difundir nossa missão de paz e prosperidade, mas não podemos simplesmente aparecer fisicamente ou seremos atacados com armamentos pesados de seus exércitos tacanhos, assustando a população que sequer imagina quem somos. Seria tão bom ter uma conversa de igual para igual com algumas mentes brilhantes humanas que gostariam de aprender conosco sobre os mistérios dos Multiversos e poderíamos trocar informações de como juntos chegar a uma mesma irmandade. Das vezes que tentamos fazer contato e fomos bem recebidos, demos um adianto na tecnologia deles e em troca colhemos dados importantes da Divina Mãe Natureza que futuramente será nossa. É inacreditável que os governos deles até agora se recusem a lhes oferecer energia grátis, algo que ensinamos há quase cem anos através de nosso amigo Tesla, um humanoide dos mais respeitáveis que já contactamos.

Antes de voltarmos para nossa nave-mãe sugiro dar uma passadinha naquele que dentre todos é o local mais lindo do planeta Terra. Um lugar chamado Brasil°°°

Estofo cultural

A MulherSofá saiu maravilhada da loja de tecelagem, ela e suas FilhasPoltronas arrasariam na exposição de casamento da MulherAlmofada, sem contar a elegante estampa que escolheu para seu MaridoRecamier. Vestiriam os tecidos dos mais extravagantes, certeza de que fariam bonito na comunidade dos estofados. Ela sempre se saía bem em matéria de descolar o *dérnier cri* das texturas, principalmente as novas tendências de fios egípcios rebuscados e brilhosos que faziam tanto sucesso em países exóticos, e ainda completariam o look com pingentes dourados em cada ponta combinando com o brilho das pedrarias bordadas em todas as barras dos modelitos, sem contar os exuberantes fios de ouro bordados em cada encosto e assento para odalisca nenhuma botar defeito. Dessa vez mataria de inveja sua maior rival, a MulherCortina, que certamente vestiria aquelas peças esvoaçantes bregas crente que seduziria qualquer HomemTapete. Para colocá-la no seu devido lugar, a MulherSofá contaria com a ajuda de sua melhor amiga, a MulherColcha, sempre disposta a bajulá-la em troca das sobras de seus panos para se vestir de "patchworka" chique.

No mundo dos estofados quem mais se sobressaía era quem conseguisse arrasar não na estamparia, algo tido como vulgar, mas na riqueza de detalhes que brilhassem mesmo com a luz apagada, não importando o desconforto de tecidos pesados muitas vezes cravejados com pedras semipreciosas. Quanto mais envergassem tecidos chamativos, mais seriam consideradas mobílias respeitáveis.

No centro da exposição, lá estava a noiva MulherAlmofada toda de renda branca transparente bordada com pérolas japonesas sobre um forro branco de cetim chinês. Os convivas comentavam sua elegância clássica quando eis que de repente os holofotes da vitrine acendem e entra em cena o JovemDivãTrans imediatamente roubando os olhares de todos os presentes. Do apoio dos pés até o encosto da cabeça, um mar de cristais swarovskis de todas as cores, um arco-íris com zilhões de pedrinhas que quando batia luz ofuscava a vista de tanto brilho. Aquilo deveria pesar uns bons trezentos quilos!

— Como ousa essa fulana querer aparecer mais do que a noiva? Quem ela pensa que é sabendo que nenhum psicólogo irá comprá-la para seus clientes se deitarem lá e contarem seus problemas? Devia ser proibido uma mobília tão acintosamente desconfortável! Ela não pode simplesmente achar que vamos suportar tamanha audácia visual, nós que representamos o bom gosto da família de estofados! Essazinha há de sofrer as consequências desse seu ato desavergonhado, vamos à luta e impedir que ela continue aqui desrespeitando nossos códigos de ética e moral! — bradava a horda dos indignados.

O VelhoPuff, o estofado mais *vintage* da exposição, toma a palavra:

— Ora, ora, ora... Deixem o JovemDivãTrans em paz, vocês todos estão se remoendo porque não pensaram antes em se bordarem com cristais nobres, isso é pura inveja de recalcados e ressentidos. Trata-se de uma peça *hors concours* para chamar atenção de nossos possíveis compradores. Sua beleza e singularidade a transformam em chamariz para nossa exposição. Pensem no tempo que levou para colar cada cristalzinho, no trabalho do artista que a idealizou e lhe deu forma. Vocês tinham mais é que agradecer a ela por se prestar a representar a arte do impossível, de sacrificar seu primeiro propósito como divã para servir de convite fazendo com que os consumidores entrem aqui e também nos apreciem. Só estofados ignorantes não percebem que o JovemDivãTrans é nossa diva!

Vários estofados foram comprados naquele dia graças à vitrine chamativa exibindo aquele belo e único exemplar de divã que ali permaneceu até o fim da exposição quando então um renomado psiquiatra árabe o arrematou pela bagatela de um milhão de dólares.

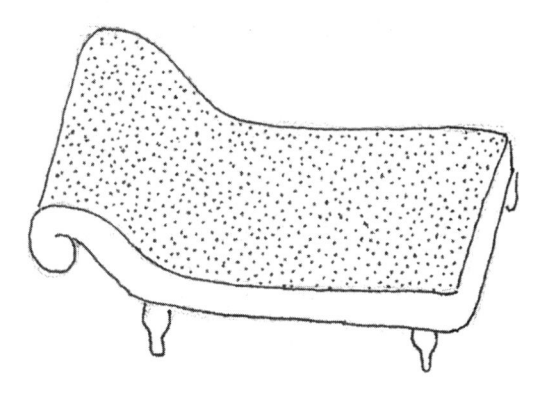

Mameluka

A INFLAÇÃO NO PAÍS FOI DE 2%. Os funcionários do edifício pediram um aumento de 3%. Mais que depressa o síndico convocou uma reunião para discutir o novo imposto do condomínio que a prefeitura anunciaria em breve. Ele só não falou que ficaria com 10% do montante, isso ninguém precisava saber. Enquanto isso, o prefeito entendeu que seria necessário aumentar seu ganho para 15% do que costumava receber. Já os vereadores decidiram por bem ajustar seus rendimentos em 20% apesar da dívida da cidade se avolumar dia a dia. Nessas, os deputados estaduais se reuniram para cobrar um acréscimo sobre o acréscimo do que receberiam os vereadores e assim ficariam mais ou menos satisfeitos. Já os deputados federais entenderam que aquela era uma boa oportunidade para também inflacionarem seus salários em 25% sobre o que receberiam os estaduais. Vendo isso o governador achou certo que seu ordenado subisse 30% sobre o tanto que receberiam os deputados e mesmo assim achava que estava sendo magnânimo. Bastou essa manobra para que os senadores entendessem que no mínimo mereceriam 40% sobre o que um governador recebesse e trataram de aprovar uma nova lei que os beneficiasse. Diante disso, os ministros, não querendo se sentir inferiores, exigiram que seus honorários recebessem um *plus* de 50% sobre o que os senadores estabeleceram. Nessas alturas, o presidente entendeu que seus ganhos não deveriam ser inferiores aos dos ministros e deu-se um aumento de 60% sobre o que costumava receber. Vendo isso, os juízes julgaram que, por mérito de seus cargos, seria merecido que ganhassem 70% sobre o rendimento de um presidente. No meio disso tudo, entre aumentos de seus próprios salários, todos receberiam 100% em propinas vindas de todas as transações que fizessem em benefício de seus amigos.

Era uma vez um país abençoado por Deus e bonito por natureza que explodiu em quatrilhões de pedacinhos...

    Oh! Terra do Sempre
    Onde nunca existiu
    Tão brava gente
    Mãe gentil mameluka
    Filhos de Tupã
    Raça pura brazuka
    Povo feliz e contente
    Banquete de Leviatã
    De lá pra cá
    De mão em mão
    Eis o reino da putaria
    Das boquinhas, dos michês
    Dazelite coxinha
    Das viúvas do Chê
    Da grife grã-fina
    Made in Macunaíma
     Tá dodói
   Tá maus
  Tá pior
 Tá ruim
  Ai de mim
   Que te amo mesmo assim

Los Fantoms

Digamos que a velha casa no bairro de Santa Teresa não era mal, era bem-assombrada. Os três fantasmas que lá habitavam foram humanos de boa índole, raramente perdiam tempo assustando encarnados e quando o faziam era sempre para evitar algum possível perigo, como daquela vez que viram um homem mal-encarado rodeando o lugar e tomaram a forma de um esqueleto, um truque clichê mas que sempre funcionava com viventes.

O espectro mais velho da casa era o de um pracinha brasileiro, cabo Santos, que desencarnou nas trincheiras italianas durante a Segunda Guerra e seu espírito quis pairar próximo à sua bisneta, Stella, que dividia a pensão com mais duas amigas, Naná e Tatá. Outro "morador", o roqueiro Mano, bem menos disciplinado que o primeiro, anos atrás havia falecido naquela mesma casa de uma overdose acidental que interrompeu uma promissora carreira. Mas a fantasma mais ilustre do pedaço, muito mais para alma emplumada do que penada, era a pequena notável Carmen Miranda que, quando viva, ainda no começo de sua trajetória artística, morara lá e ainda conservava a mania de ligar o rádio a toda e só desligar minutos antes das moradoras vivas chegarem em casa.

Pode-se dizer que os três *fantoms* viviam felizes e satisfeitos por não terem mais que pagar nenhuma conta, não terem mais necessidades fisiológicas e não terem mais medo da morte. A missão deles agora era zelar para que continuassem todos lá, vivos e mortos, convivendo em harmonia sem serem incomodados.

A única criatura não humana que conversava com todos eles era o papagaio Paco que servia de despertador ao acordar as habitantes da casa cantando "Chica Chica Boom Chic" e as meninas não sabiam de onde vinha aquilo, achavam que era inspiração papagaística.

Um dia Stella chega em casa chorando por conta de ter recebido um fora do namorado e seu bisavô *fantom* pairou ao seu lado tentando ajudá-la a lidar com as pressões que humanos encarnados volta e meia tinham de enfrentar.

— Menina, minha menina, acate as agruras da vida como um soldado que cai e se levanta pronto para uma nova batalha.

Sem obter sucesso com seus conselhos militares do além, o cabo Santos apela ao colega Mano, logo ali ao lado sentado displicente no sofá. Quem sabe um espírito jovem possa entender melhor o que se passa com ela e consiga sussurrar-lhe um sopro de salvação, mas tudo o que o rapaz diz é:

— Cara, não sou o melhor fantasma para tirar tua bisneta da fossa. Eu mesmo me rejeitei quando recebi o fora da gravadora e mandei veneno na minha veia. Acho que só o alto-astral de dona Carmen consegue levantar o moral da mina. Fale com ela.

Lá foi cabo Santos procurar a pequena notável e, claro, encontrou-a ao lado de Paco que repetia sem parar "Mã-mã-mã-mã mamãe eu quero", explicou o caso todo e como nem ele nem Mano conseguiriam subir o moral da garota.

— Deixa comigo, yô yô — respondeu faceira. — Vou consultar meu repertório e certamente terei uma música que se encaixa nos sentimentos da menina. Entrarei em cena quando ela se borrifar com aquele perfume que eu adoro, sabe como é: "encosto que é encosto encosta quando faz gosto", *n'est pas?*".

Cabo Santos não entendeu direito, mas confiava no taco da colega que sempre conseguia limpar a aura pesada da casa com seu alto-astral arco-íris. E assim foi que uma hora lá, com os olhos vermelhos de tanto chorar, Stella sentiu uma inesperada vontade de passar o tal perfume, parecia que o impulso de usá-lo naquele momento seria um ritual de purificação, uma maneira cheirosa de aliviar a dor... puff puff........ hummm...... sentindo-se melhor, ligou o rádio e ouviu o apresentador anunciar:

— Agora, do fundo do baú, uma música para a moça que levou um fora do namorado. Com vocês, um antigo sucesso na voz da nossa saudosa Carmen Miranda: "Pra você gostar de mim".

♪ Taí, eu fiz tudo pra você gostar de mim
Oh meu bem não faz assim comigo não
Você tem, você tem que me dar seu coração
Meu amor não posso esquecer
Se dá alegria faz também sofrer
A minha vida foi sempre assim
Só chorando as mágoas que não têm fim
Essa história de gostar de alguém
Já é mania que as pessoas têm
Se me ajudasse Nosso Senhor
Eu não pensaria mais no amor

Admirada com a sincronicidade de sua situação, Stella atentou à letra e suspirou. Parecia feita para ela e, já mais conformada, chegou à conclusão de que, afinal, não fora a única pessoa do mundo a levar um pé na bunda.
Missão cumprida.

Aconteceu que uma madrugada lá, os três *fantoms* levaram um susto com Paco repetindo o refrão de uma música heavy metal vinda do quarto de Naná. Ouvindo aquela gritaria, Carmen suspirou, desanimada, constatando que dessa vez a trilha sonora que a mocinha apreciava não era sua especialidade. Aquele sim seria um caso perfeito para Mano assombrar:
— Você é o único de nós que pode "soprar" para essa coitadinha. Ah, tão jovem e toda de preto! Parece mais uma carpideira, cruz-credo vade retro!
— Conheço bem essa parada, a mina tá misturando farinha com bebum crente que vai ter coragem de enfrentar um rolo aí em que se meteu, então fica cafungando na maionese achando que a noia tá dominada, ela não saca que pode acabar batendo cabeça dentro de um caixão como aconteceu comigo.

Depois de uma reunião o trio achou que a única maneira de um sopro de luz chegar até a menina seria unir suas forças se concentrando em mandar vibrações para que Mano se materializasse na frente dela e desse o recado. Como esperado, a assombração funcionou. Assim que Naná viu aparecer do nada um rapaz descabelado deitado em sua cama gritando "Meus heróis morreram de overdose" quase teve um piripaque. O susto serviu para que ela jogasse as porcariadas todas na privada e desse a descarga.

Missão cumprida.

Mas a paz não durou por muito tempo por lá, pois um dia Tatá trouxe para casa um sujeito meio caladão. Para as amigas disse que só ficaria hospedado por um dia, que morava em outra cidade, para não se preocuparem que logo iria embora e coisa e tal. Eis que na calada da noite o rapaz se põe a fuçar o local em busca de objetos que poderiam lhe render algum dinheiro. Quem acompanhava cada movimento dele era cabo Santos que, desconfiando das segundas intenções do sujeito, percebeu que suas suspeitas se justificavam quando viu o outro colocando dentro da mochila o laptop da bisneta. Na hora que o cara ia escapulir sorrateiramente, cabo Santos acendeu as luzes da sala, travou a porta e Paco começou a imitar a sirene de polícia. As meninas acordaram e pegaram o ladrão no pulo que, caindo em si da burrada que cometera, esvaziou a mochila e pediu pelo amor de Deus e delas que o perdoassem e o deixassem partir.

Missão cumprida.

A "vida" dos três *fantoms* corria tranquila, intervindo o menos possível no destino das meninas, uma missão aqui outra aqui, nada que não se resolvesse com uma bem-intencionada assombraçãozinha, e assim caminhava o lar doce lar de Santa Teresa.

Eis que num dia chuvoso batem à porta e Stella atende. O emissário da prefeitura lhe entrega uma ordem de despejo. O quarteirão todo viria abaixo dando lugar à construção de uma igreja. A obra iria começar em menos de um mês, portanto deveriam desocupar o lugar dali a duas semanas ou os inquilinos seriam colocados para fora de uma maneira pouco delicada. Aquilo caiu como uma bomba para os moradores da rua, principalmente para as almas guardiãs das tais casas em questão cujos tijolos estavam condenados ao triturador. O alarme foi dado com a chamada geral para uma reunião de emergência onde a fantasmaiada discutiria a melhor maneira de evitar que todos lá perdessem suas boquinhas sepulcrais.

— Por mim apertava o "botão foda-se" e partia para dançar o "Thriller" com todos nós fantasiados de mortos-vivos — disse um.

— Sou mais por tocar fogo nos tratores e incendiar quem se atrever a pegar num martelo — retrucou outro.

Cabo Santos então tomou a palavra:

— Não podemos dar bandeira de quem somos ou acabaremos espantando nossos próprios hóspedes que não sabem que dividem suas casas conosco. Temos que descobrir quem é o dono da igreja e fazê-lo desistir da ideia.

Todos acabaram concordando com a sugestão e uma maneira de conseguir tal informação seria "soprar" para Stella pesquisar no computador enquanto os *fantoms* ficavam de bituca ao redor. Não foi difícil a moça encontrar as informações que buscava:

— Aqui está: pastor Messias da Igreja Nacional da Vontade de Deus. E veja só: ele virá amanhã reconhecer o terreno antes de bater o martelo. Tenho que tentar negociar cara a cara uma maneira de impedi-lo de seguir nessa empreitada maldita de botar abaixo casas antigas para levantar mais uma nova igreja igual a centenas de outras apenas com um nome diferente.

Cabo Santos, Mano e Carmen acompanhavam o raciocínio da garota e se entreolharam: "E nós também vamos bolar uma surpresinha para ele".

Dia seguinte, nas primeiras horas da manhã, pastor Messias chega em companhia de quatro assessores e se posta no meio da rua admirando as casas que brevemente seriam destruídas dando lugar à sua igreja que "iluminaria" o destino das almas daquela vizinhança além, é claro, dos bem-vindos dízimos que jorrariam em sua conta bancária. Estava ele lá conversando com sua *entourage* quando, de repente, Stella chega, se apresenta e diz:

— Com todo respeito, pastor, o senhor não deve estar a par do sofrimento que está causando aos moradores da nossa rua com essa sua ideia de nos desalojar assim sem um aviso prévio justo. Na verdade acho sua atitude anticristã.
— Como você ousa se contrapor a um projeto de Deus? Vejo que está possuída pelo demônio e eu vou exorcizá-la aqui e agora...

Assim que toca a cabeça de Stella comandando que o diabo abandonasse aquele corpo, o pastor despenca na calçada e lá fica se contorcendo como se algo o prendesse ao chão. Os assessores que tentam suspendê-lo também caem por cima dele como num jogo de futebol americano. Nada nem ninguém conseguia trazê-los de pé com a rua toda vendo aquela cena digna dos Trapalhões. E eis que de repente todos lá ouvem a voz de Carmen Miranda vinda do rádio de uma das casas:

♪ Cai cai cai cai
Eu não vou te levantar
Cai cai cai cai
Quem mandou escorregar...

E foi uma gargalhada só. Quanto mais tentavam se levantar mais se debatiam no chão, até que por fim Stella se aproximou:
— Não sou responsável por vocês estarem aí fazendo papel de idiotas. Vejo isso como um sinal de Deus mostrando como estão no caminho errado. Por que não desistem de tudo, dispensem as maquinarias e vão embora antes que tudo desabe sobre suas cabeças provando que as casas preferem se autodemolirem a dar espaço para uma igreja que não representa em nada a vontade divina?

Como o pastor Messias e seus assessores continuassem a espernear no chão amaldiçoando a garota até a quinta geração, Stella, guiada por uma repentina intuição, negocia:
— Algo me diz que vocês ficarão onde estão até que resolvam revogar o plano inicial. Caso contrário a verdadeira vontade divina há de segurá-los aqui até que concordem com o que nós moradores reivindicamos. Construam sua igreja em outro lugar, aqui, não!

E assim foi que a noite chegou e ainda encontrou os cinco homens se debatendo no chão tentando reverter o que segundo eles seria uma blasfêmia sem perdão, uma praga que aquela moça diabólica rogara pra cima deles e que, mais hora, menos hora, a polícia viria resgatá-los e todos os moradores seriam presos por obstruírem uma ordem da justiça.

Fez-se noite e eles continuavam lá, literalmente metendo os pés pelas mãos naquele bolo humano, lutando para reconquistar o "poder". Nessas alturas os quatro assessores já ensaiavam uma mudança de lado, para desprezo do pastor Messias, que continuava grudado à sua decisão.

— Não vou me deixar levar por ações diabólicas, vou construir minha Igreja Nacional da Vontade de Deus mesmo contra a vontade de Deus. Já virou uma questão de honra para mim.

Quando começou a chover, os assessores se deram por vencidos gritando:

— Nós nos rendemos. Se sairmos daqui daremos razão a vocês e lutaremos para que a prefeitura anule essa ordem. E fica valendo aquela prece de Jesus na cruz: "Perdoa porque eles não sabem o que fazem".

Imediatamente os homens foram liberados e saíram correndo de lá. O pastor foi o único a continuar grudado ao chão.

— Malditos sejam, judas traidores. A justiça divina há de caçá-los até os confins dos infernos.

O pastor era um arrogante cabeça-dura, que se danasse se não baixasse a cabeça para o óbvio: aquela não era a vontade de Deus, era dele mesmo, e fim de papo.

De madrugada, movida por compaixão, Stella saiu de casa e foi lá conversar mais uma vez com o pastor que, cansado de tanto espernear, agora estava deitado quieto com os olhos fechados. Foi se chegando devagar para não assustar e viu que a cabeça dele descansava no colo de uma mulher reluzente numa roupa colorida, na cabeça, um enorme turbante dourado cheio de frutas, que cantarolava baixinho ao pé do ouvido dele:

> ♪ Anunciaram e garantiram que o mundo ia se acabar
> Por causa disso a minha gente lá de casa começou a rezar
> E até disseram que o sol ia nascer antes da madrugada
> Por causa disso nesta noite aqui no morro não se faz batucada

E olhando para Stella emendou uma outra:

♪ Deixa comigo esse mulato malcriado
E vê como se acaba com a valentia
Não é preciso eu lhe dar pancada, não
Para acabar com a malcriação
Basta que eu fique sem fazer carinho
Para ele de joelhos me pedir perdão

E, por fim, completou o *medley* com:

♪ Dona Stella foi moça de salão
Hoje tem uma boa pensão
E o seu trovador não quer mais
O que quer é tutu de feijão
Picadinho à baiana, tem
Camarão ensopado, tem
Que cheiro bom que tem a dona Stella
Quando abre a panela

Carmen sorri para a moça, dá uma piscadela e desaparece. Por incrível que pareça, Stella não se espanta com a assombração, ao contrário, toma o lugar da fantasma e com todo carinho embala a cabeça do pastor em seu colo no momento exato que ele desperta.

— Veio aqui tripudiar de mim enquanto me mantém sob sua praga?
— Vim apenas ver se você precisava de algo. Trouxe água, quer?
— Nada vindo de você me fará bem. Deixe-me aqui e volte para sua casa.
— Sim, minha casa que logo mais não será mais minha, não é?
— Não existe só essa casa para você morar.
— Assim como existe outro lugar para você construir sua igreja.
— Comprei todo este quarteirão de casas velhas que só enfeiam o visual e pretendo construir um prédio moderno que vai trazer um fluxo novo de comércio, mas você não quer entender isso!
— Há lugares melhores para você fazer isso. Esta é uma das poucas ruas de Santa Teresa que ainda mantêm a pureza dos tempos de um Brasil

romântico e cheio de charme. As pessoas vêm morar aqui justamente para preservar a atmosfera encantada de um tempo que não volta mais.

— E o que faço dessas casas velhas que arrematei se vocês não me deixarem construir minha igreja?

— Reforme-as e alugue-as aos moradores por um preço justo para que eles possam mantê-las limpas e bonitas. Se eu tivesse seu dinheiro, em vez de igreja, construiria, por exemplo, um hospital polivalente para atender velhos, crianças e animais, um centro esportivo, uma escola de artes, mas não aqui, e sim num bairro pobre da periferia.

— Mas... mas... mas e a minha igreja?

— Seu corpo é a sua igreja, assim como meu corpo é a minha igreja. Igreja de cimento é igual a um estacionamento: você deixa seu carro, segue a pé até a esquina e, na volta, ainda paga dízimo para sair.

— Eu tenho uma nova interpretação da Bíblia, acredito que possa ajudar muita gente a entender melhor a palavra de Deus.

— Vamos combinar que é muita arrogância sua se dizer o novo portador da verdade divina. É essa a minha interpretação da sua interpretação.

O embate entre ambos estava sendo acompanhado por todos os fantasmas da região, ora um, ora outro soprava o que Stella devia dizer e ela mesma se perguntava de onde vinha tanto argumento.

Foi quando o pastor confessou:

— Meu nome não é Messias, é Arnolfo. Desde pequeno tenho vergonha que me chamem assim. Na escola era zoado, depois que me formei em teologia quis me reinventar e pensei em ser um pastor rico e poderoso. Essa é a verdade.

— Entendo... mas ainda há tempo de repensar sua vida. Use sua formação teológica para meditar sobre os mistérios divinos e lembrar que quando morremos não levamos nem as glórias nem os fracassos, apenas o amor que demos e recebemos. Soa meio clichê mas basicamente é assim.

— Por que está fazendo isso comigo, me prendendo aqui? Você mexe com satanismo?

— Eu também não entendo o que está acontecendo aqui. Quero crer que a alma espiritual deste lugar está avisando que derrubar as casas irá te trazer mais problemas que soluções.

— Não acredito em fantasmas, não há provas que eles existam.

Nesse momento, na penumbra do fim da madrugada, quando não havia vivalma na rua, a fantasmaiada formou um círculo em volta dos dois e se materializou sussurrando em uníssono:

— Búúú!!!

Com o susto, ambos se abraçaram, e tomando a dianteira novamente surge a radiante pequena notável:

♪ Vem morar em Santa Teresa, yô yô
Namorar com a tua yá yá
Vem abrir uma nova igreja, yô yô
Para poder com yá yá se casar
E esquecer que existe a dor
E lembrar que agora é pra já
Vem encontrar teu amor
Viver pra ser o yô yô de yá yá

Passado o choque com a simpática assombração e ainda boquiabertos, Stella e Arnolfo se entreolham e rola um clima entre eles. Percebem que a indireta fora certeira, eles dois se completavam como exemplo de "os opostos se atraem", um empreendedor equivocado encontra uma moça honesta com ótimas ideias para empregar seu dinheiro em projetos que realmente fariam a diferença na vida de muita gente, a verdadeira vontade de Deus. Na hora em que o pastor se viu livre dos grilhões fantasmagóricos se despediu meio envergonhado, prometendo voltar atrás em sua decisão e conversar com ela com mais calma.

Assim como surgiram, as assombrações desaparecem felizes da vida (ou da morte), deixando para trás um rastro de purpurina astral e cantando em uníssono:

♪ Gasparzinho, fantasminha camarada
Que só quer com as pessoas conversar
Mas coitado do Gaspar só dá mancada
Quando aparece todos correm a gritar

Missão cumprida.

La Cantante 1

Estava La Cantante pronta a entrar no palco quando acaba a luz do lugar. A plateia começa a xingar exigindo que o primeiro dia do festival de música na pequena cidade de Trololó continuasse mesmo sob luz de velas, e assim a produção empurra-a para entreter o público enquanto tentavam consertar o estrago pensando também na possibilidade de alugar às pressas um gerador.

    Assim que dá o primeiro passo da coxia para a boca de cena, ela tropeça na própria túnica longa que vestia e cai de cara na frente de todos. Diante das gargalhadas, se levanta, sacode a poeira e dá volta por cima enquanto pensa em alguma saída para reconquistar seu "prestígio". Foi quando lhe vem à cabeça a ideia de fazer um strip-tease ali mesmo, aquilo daria boas matérias no dia seguinte, até porque o número à luz de velas anularia algumas imperfeições de seu corpo já um tanto fora de forma. O que La Cantante decadente não faria para aparecer na mídia! Quando se despe da túnica e fica de calcinha e sutiã, o público começa a gritar "Tira! tira! tira!". Nesse momento, a produção entende que o povo pedia para que tirassem La Cantante de cena e mandam entrar dois caras que a erguem pelas pernas e dois pelos braços e a carregam para fora do palco como silvícolas levando uma leitoa para um banquete na tribo. Nesse mesmo instante, a energia volta, ela se desvencilha dos "guardas", se recompõe e corre de volta ao palco já meio desnuda onde é recebida com aplausos da plateia desta vez aos gritos de "Toca Raul!".

Como nunca se apertava numa saia justa, ela começa a cantar à capela e aos berros: "Eu sou a luz das estrelas, eu sou a cor do luar...". O povo vem abaixo com sua performance bizarra desrespeitando a memória do cantor, e ela lá quase pelada beirando o ridículo. Mais uma vez é retirada de cena quando um contrarregra joga uma toalha sobre ela e a conduz se debatendo de volta à coxia.

Dia seguinte as manchetes nas redes sociais: "Cantora caidaça é vaiada desafinando Raul".

Kaboom

Com tantos astros e estrelas pela frente na imensidão do Universo ele entrava justamente em rota de colisão com aquele planeta azulzinho solto ali no meio do nada, tão desprotegido, tão inocente. Sem contar aquele seu satélite bonitinho que o rondava feito bichinho ao redor do dono. O impacto não era para já, ainda faltava um ano no tempo da Terra, o que para ele não era nada se comparado à sua existência datada do primeiro Big Bang. Quem sabe pelo caminho surja alguma interferência concreta tipo um segundo meteoro vindo do lado oposto colidindo com ele, algo praticamente impossível de acontecer. Só lhe restava seguir seu destino e logo mais se chocar destruindo o pobre planetinha que nada havia feito de errado para merecer tamanho castigo.

Enquanto isso na Terra... Astrônomos do mundo inteiro trocavam informações sobre a desgraça anunciada prevendo um caos parecido com o que dizimou os dinossauros e várias outras formas de vida. Deveriam revelar à humanidade o que o futuro lhe reservava ou esconderiam a notícia e a pouparia da angústia diante da inevitável catástrofe? Como não dá para enganar todos durante tanto tempo resolveram soltar uma nota honesta e fosse o que Deus quisesse. Ao contrário do que se esperava, os habitantes do planeta se comportaram com bravura, aceitando sua infeliz sorte. Não houve desespero, enfrentariam irmãmente o futuro se unindo numa só força. Passaram então a desprezar o dinheiro, que nessas alturas não tinha mais nenhum valor, assim como aboliram também a ideia de guerrearem entre si, afinal, qual a vantagem de ganhar o poder sobre quem fosse se a Terra não mais pertencia a ninguém? O momento era de "a união faz a força". Em todos os países houve uma comoção existencial que induzia as pessoas a buscarem conforto em religiões e filosofias e se podia perceber uma santidade tomando conta dos pensamentos e ações de cada pessoa, praticamente neutralizando toda forma de ambição terrena. O planeta pela primeira vez na sua história finalmente se dedicava a cultivar a paz e o amor.

Mas voltando ao meteoro... Cada vez mais se sentindo culpado por ser o agente causador da tragédia que se abateria sobre o planeta azulzinho, buscava uma solução para evitar que isso realmente viesse a acontecer. Se simplesmente pudesse se autoimplodir, ou conseguisse de alguma maneira desviar sua rota, mas sabia de antemão que nada interromperia seu caminho. Já pensou como seria bom ter poder próprio e recusar ser o portador de tanto sofrimento? Mas isso não fazia parte de sua vivência, nunca houve um caso em que pudesse desviar de seu próprio destino. A cada minuto que passava se aproximava mais de sua sina fatal e só lamentava ter nascido para encontrar esse triste fim.

Ao mesmo tempo que o meteoro se aproximava, acontecia uma reunião entre todos os povos do planeta com dia e hora marcados, quando então emitiram uma mensagem de energia e força para que na hora do grande embate reinasse entre todas as criaturas a aceitação pacífica da vontade de Deus.

Eis que nesse momento, assim do nada, surge nos confins do espaço um buraco negro que de uma só bocada engole o meteoro. Mais que depressa os astrônomos divulgam o acontecimento como a maior prova de que uma reza mundial era capaz de realizar um milagre daquela magnitude. A festa durou pouco, pois dia seguinte a humanidade passou a se autodestruir e tudo voltou a ser o que sempre foi: o caos na Terra aos homens de pouca vontade. E Deus viu que isso era bom e tratou de criar um meteoro maior que o anterior.

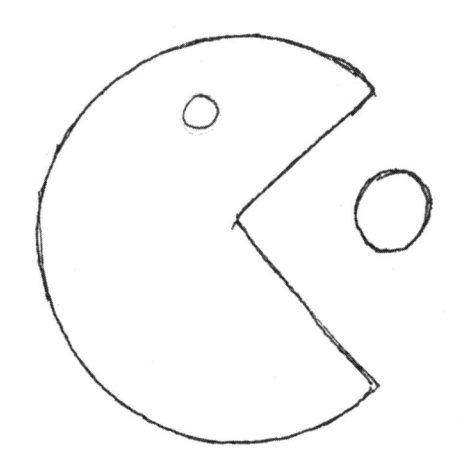

Ahmud

Ahmud era um muçulmano que se propôs a organizar um front pacífico demonstrando que a maioria dos que professavam sua religião era contrária a ataques terroristas perpetrados em vários países do Ocidente. Ele pretendia unir forças junto a sua gente e anunciar ao mundo que "daqui pra frente tudo vai ser diferente, nós temos que aprender a ser gente, nosso orgulho não vale nada".

A ideia era associar mansidão à modernidade. Desfilariam de branco com burcas e turbantes *tie-dye* empunhando cartazes "Allah é paz e amor". Ahmud também sugeriu que os homens descolorissem suas barbas demonstrando que ao invés de se manterem fixos a seus usos e costumes atrasados, se adaptariam aos modismos dos *millenials* ocidentais. Portariam metralhadoras de brinquedo com flores saindo dos canos como haviam feito os hippies nos anos 1960, esse número sempre resultava num bom efeito quando se queria passar uma mensagem pacificadora, o mundo todo daria valor à iniciativa. Outra coisa que deveria ficar claro era a disposição em abrir as portas das mesquitas para receber os chamados "infiéis" e orarem juntos reconhecendo todas as irmandades de religiões cujo objetivo era o de agradecer a vida ao Deus supremo e único.

Claro que a movimentação de Ahmud não era bem-vista pelos muçulmanos radicais. Na verdade, já estava sendo formado um complô para evitar que a tal manifestação fosse adiante. Tolerar aquilo significava retroceder séculos e séculos de luta contra os gentios. O plano era sequestrar aquele traidor e calar de uma vez suas pretensões de se transformar no profeta da paz.

Das poucas com coragem de aderir às ideias de Ahmud estava sua namorada, que se prontificou a reunir mais mulheres insatisfeitas por serem tratadas como animais inferiores, sujeitas a apedrejamentos conforme as leis do patriarcado. Para tanto estaria disposta a ficar nua e liderar a queima em público de véus, como fizeram com sutiãs as feministas. Vamos combinar que aquela seria uma manifestação por demais escandalosa para o padrão dos muçulmanos ultraconservadores e todo cuidado seria pouco ao tirar Ahmud de circulação sem causar rebuliço e pânico nos participantes, mas o pior de tudo seria a notícia do sequestro parar nas redes sociais e o plano ir por água abaixo. A operação tinha de ser feita com precisão cirúrgica; assim que ele saísse de sua casa de manhã seria seguido, sequestrado e substituído por um membro da seita que assumiria a função de dissipar o protesto. O que fariam com Ahmud ainda não estava decidido, se o manteriam preso ou o decapitariam não era o principal naquele momento, a intenção urgente era boicotar a passeata desviando o foco para um ataque *fake* ali por perto, para onde os órgãos de segurança se deslocariam rapidamente.

Deu ruim.

Ruim para os radicais que sequestraram um outro homem crente que era Ahmud e só se deram conta do furo quando tiraram o capuz. Aquilo significava que o golpe deles saíra pela culatra. A caminhada foi um sucesso, recebendo altos elogios em toda a mídia mundial sobre a bem-vinda e urgente demonstração de coragem.

Dia seguinte, Ahmud foi orar na mesquita e agradecer pelo êxito da marcha quando um "irmão" puxa uma adaga e o mata ali mesmo. Allah fecha os olhos e diz:

— Affffffmariamãededeus, pra que tanta brutalidade!

Eis-me

Eis-me aqui viva, mera mortal, filosofando sobre a vida, sobre Deus, sobre a crise mundial. Vem-me à cabeça minha herança e lembro de mim criança, depois adolescente e assim como todos, carente. Muito antes que depois fui mutante, mulher e amante. Eis-me aqui perdida no futuro do presente, neste mundinho esquisitão, sobrevivente da bobalização. Meio insatisfeita sou a sujeita do verbo ser *star*, estrela perdida no índigo do céu, pés no chão, cabeça na lua, coração ao leo. Homens não sabem como dizer adeus, mulheres não sabem quando. Posso resistir a tudo, menos à tentação, e descobri que sou quem eu estava esperando. Eis-me aqui dia seguinte profissa, espreguiça, lava a cara, escova dente e cabelo, dá uma piscada pro espelho e parte pra rotina de dar bons-dias. Trabalho como se não precisasse do dinheiro, danço como se ninguém estivesse me olhando e perdoo meus inimigos, nada os deixa mais putos. É uma pena que estupidez não cause dor. Eis-me aqui caidaça no meio da naite, birinaite, cachaça, me levo pra casa depois de muito blá-blá-blá, chego e ainda como um resto de pizza com guaraná. Dou um suspiro, respiro, me inspiro e piro na maionese de mim mesma, esta lesma lerda que não sabe por que caiu, nem onde escorregou. Eis-me aqui confusa, uma estúpida com raros momentos de lucidez, minha consciência limpa é sinal de memória fraca, um boato que entra pelo ouvido e sai por muitas bocas, depois eu é que sou louca. Tusso na frente de um fumante para ele se sentir culpado, depois queimo meu baseado na calada da noite, lá fora o frio é um açoite, então fecho os olhos, não se preocupe comigo, eu apenas estou morrendo. Ei-me aqui odiando o amor, me abrace por favor, chego à conclusão de que talvez esteja errada, na esperança nada permanece, só a mudança. Estranhos são amigos esperando eu os encontrar, *hay mucho que hacer*, calo a boca e sorrio, seria engraçado se não tivesse acontecido comigo. Eis-me aqui na mesmice, nunca vou perdoar as palavras que não disse, não tenho preconceito, neste mundo odeio tudo igualmente e quando não consigo convencer eu confundo, melhor te amar, se tenho medo da solidão melhor não me casar. Eis-me aqui bem-amada, Houston, *we have a problem*, minha namorada é homem, sou o oposto da puta porque estou pouco me fodendo, não estou podendo tanto assim, ai de mim que não sei se acendo uma vela ou se xingo a escuridão, ando tão sem tempo de tanto assistir televisão. Eis-me aqui falada, mal-bem-amada, o vestido mais bonito uso para ser despido, a vida é tão tranquila que devia emitir atestado de óbito, é óbvio que uma das coisas que me dão mais prazer é fazer o que não devo, vou comer e aproveitar até a última mastigada. Eis-me aqui me despedindo de mim depois de vomitar a alma, felicidade é a minha direção não meu destino, me peça para ter calma, antes de rezar vou me perdoar, antes de desistir vou tentar, antes de falar vou escutar. Eis-me aqui renascendo, sendo mais eu do que jamais fui, de que me adianta falar bem se estou errada no que digo, não me ofereça sua sabedoria, me dê apenas um copo d'água, uma fatia de pão e um pouco de circo. Só não posso viver com quem não consegue conviver comigo, nessas eu tive foi sorte. E se você não salvou minha vida, pelo menos não arruíne minha morte.

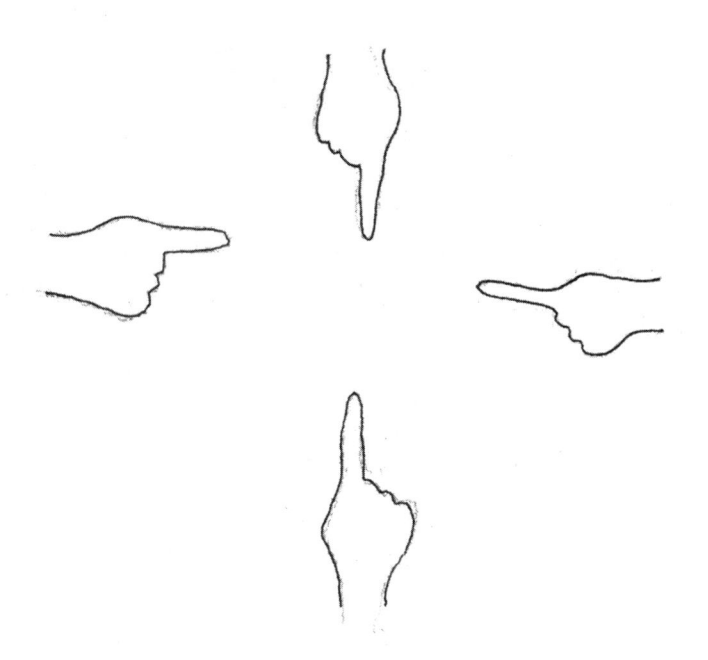

Fabulosos

A Mula Sem Cabeça teve uma ideia: convocar todos os personagens folclóricos a uma reunião para reivindicar o reconhecimento como cidadãos brasileiros de verdade.

— Somos tratados como se fôssemos meros produtos da imaginação de escritores, quando na verdade nós aqui estamos mais vivos do que nunca — dizia ela indignada a uma plateia lotada de celebridades literárias.

O Saci-Pererê foi um dos primeiros a reclamar:

— Prometeram institucionalizar um dia só meu e até hoje estou a ver navios. E eu aqui me equilibrando há séculos numa só perninha, meu gorro vermelho já furado e meu cachimbo há muito apagado. Exijo meu dia já!

Quem ocupou o microfone em seguida foi o Boitatá:

— A nova geração ao ouvir meu nome pensa que sou boi, quando na verdade sou uma cobra de fogo. Eu me chamo assim porque na língua tupi-guarani cobra se diz "mboi". Exijo reparação urgente.

Chega então a vez do Curupira:

— Vocês podem imaginar o quanto me custa manter pintados meus cabelos vermelhos, meus dentes verdes e andar com os pés virados para trás despistando quem me persegue para só se referirem a mim como um mero anão? Exijo reconhecimento.

Tomou a palavra o Boto:

— Há séculos minha fama é a de sedutor de mulheres, eu que nem gosto muito de intimidades com os humanos, que vivo nos rios sem perturbar ninguém. Exijo minha reputação de volta.

Mais que depressa, a Cuca pega o microfone:

— Pior sou eu, que me chamam de mocreia, dizendo que pareço um jacaré e espalham que assusto crianças quando na verdade só as faço dormir. Exijo justiça.

E assim foi que um a um tomou a palavra expondo seu problema de forma que todos concordassem e aplaudissem. Os personagens não estavam brincando, queriam partir para a greve geral até que fossem atendidas suas demandas, caso contrário permaneceriam irredutíveis e cortariam a inspiração de escritores do populário cultural. Ou seriam cidadãos brasileiros com direitos trabalhistas iguais ou desapareceriam de vez dos livros. Organizaram um abaixo-assinado e mandaram para a Academia Brasileira de Letras.

Pouco tempo depois, receberam a resposta oficial:

"Viemos informar por meio desta que não poderemos atender vossas postulações. Realizamos uma grande pesquisa em várias escolas e sentimos muito ao dizer que vocês todos foram excluídos da preferência literária dos alunos, sendo substituídos por super-heróis estrangeiros. Atenciosamente..."

Final Infeliz

Estavam juntos havia pouco mais de dois meses. Encontravam-se todos os dias depois que terminavam as filmagens onde ela trabalhava como assistente de produção e ele era o ator principal. Quando terminava a jornada de trabalho, saíam juntos abraçados e iam para a casa dela passar o resto da noite descansando e trocando carinhos. A vida estava numa maré alta de boas perspectivas. Ao que tudo indicava muito brevemente trocariam votos de amor mais sérios, mas por enquanto se contentavam em passar o máximo de tempo que dispunham trabalhando duro e fazendo planos para o futuro a dois.

Assim que acabassem as filmagens, o que ainda levaria mais uma semana, ele fizera planos para competir numa importante corrida de automóveis que acontecia todos os anos, onde dirigiria seu possante e recém-adquirido Porsche 550 Spyder conversível, apelidado por ele de *little bastard*. Além de ótimo ator, era um exímio motorista, adorava velocidade, já tendo ganhado várias provas, mas aquela seria um marco na sua vida. Com apenas vinte e quatro anos ele vencia no cinema e estava pronto a também vencer nas pistas.

Combinaram de se encontrar em Salinas, na Califórnia, a cidade onde aconteceria a competição. Ela iria com amigos enquanto ele dirigiria o próprio Porsche de corrida de nº 130 junto do mecânico que lhe daria assistência. Ela mal podia esperar para contar a novidade que acabara de saber e que só revelaria quando se encontrassem dali a dois dias quando fosse abraçá-lo na certeza de que ganharia o páreo.

Na véspera, comprou um vestido novo. Queria estar linda quando ele a visse naquele dia especial. Seria o primeiro a saber que estava grávida, a notícia iria coroar o amor deles dois e seriam felizes para sempre como nos contos de fada.

O dia 30 de setembro de 1955 amanheceu lindo, com poucas nuvens no céu e uma temperatura perfeita para pegar a estrada e literalmente esquentar os motores, assim pensava ele quando partiu de Los Angeles rumo à vitória. Deram uma parada num posto de gasolina a meio caminho do destino final onde comeram sanduíches, ele tomou um copo de leite, pagou a conta, vestiu as luvas de couro e retomou a estrada.

Minutos depois, não deu tempo de desviar do carro que vinha na direção oposta e atravessava a pista atingindo o Porsche de frente, bem onde estava o motorista. Morte instantânea.

Naquele tempo, as notícias demoravam a chegar nas redações de jornais. A corrida chegara ao fim e todos lá se perguntando onde estaria o famoso competidor nº 130 que até então não dera as caras. Será que o carro tinha quebrado na estrada? Será que o piloto havia perdido a hora e ainda dormia? Será que esqueceu do evento? À tarde, ela recebeu a triste notícia e desmaiou. No dia seguinte, o mundo recebe a notícia da morte de James Dean e desmaia também.

Quem iria acreditar que ela teria um filho dele, mesmo porque sabia que Dean também tivera relacionamentos com homens, o que naquela época seria o bastante para destruir a carreira de ator. A partir de então voltou a viver com os pais numa cidadezinha do interior até a criança nascer. Depois, desapareceu no mundo.

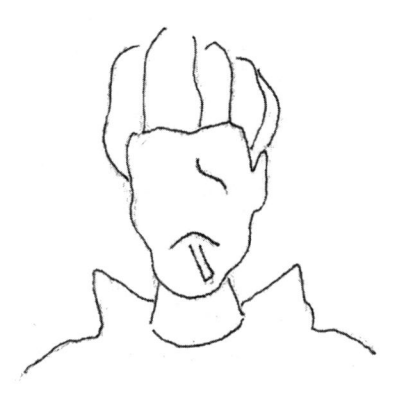

O Rei

DE MANHÃ, TOMAVA UM PICO DE anfetamina para despertar da sonolência causada pelos tarjas pretas da véspera para combater a insônia crônica que o acometia havia anos. Sua vida ultimamente andava meio desconfortável, tinha que aguentar as horas do dia passando mais devagar que de costume, e para isso usava toda a sorte de drogas que o botassem para cima mesmo que artificialmente, para quando chegasse a noite se nocautear com doses homéricas de benzodiazepínicos. Não havia meio-termo com ele, ou estava totalmente acordado ou chapado, eufórico ou deprê. Justo ele, que durante tanto tempo fora considerado o rei do rock'n'roll, se via naquela situação constrangedora de decadência física e profissional, transformando-se aos poucos numa caricatura de si mesmo, além de sofrer a humilhação de ser considerado acabado bem antes de completar cinquenta anos. Quem sabe morrer era a única salvação, sua fama seria preservada e os fãs só se lembrariam de seus dias de glória nos anos 1950, quando era indubitavelmente o maior de todos os artistas do planeta. Sim, ele precisava morrer para viver para sempre na memória de seus incontáveis admiradores como aconteceu com seu ídolo James Dean, com a diferença de que este foi jovem demais, enquanto ele durara muito mais tempo nas paradas de sucesso. Sua carreira profissional começara a declinar quando o "coronel", como chamava seu empresário viciado em jogatina, o forçou a aceitar papéis ridículos em filmes bregas de Hollywood, exibindo-o como um rapaz abobado e fútil, contribuindo assim para destruir a imagem do roqueiro rebelado que o tinha alçado à fama e lhe custara grandes batalhas para ser aceito numa cena quase só dominada por negros. Como se não bastasse, da noite para o dia apareceram aqueles quatro ingleses apresentando uma nova revolução musical na qual jovens do mundo inteiro mergulharam de cabeça, esquecendo que fora ele o pioneiro naquele tipo de comportamento audacioso, requebrando a pélvis que rimava com seu nome. Um dia os Beatles deixariam de existir e ele se vingaria continuando a ser o eterno rei.

Ainda havia um último compromisso assumido antes de seguir com seu plano, nada que já não tirasse de letra, era só entrar no palco com seu macacão cravejado de pedrarias e cantar pérolas de seu repertório que o público feminino viria abaixo, para no fim do show a plateia ouvir uma voz nos alto-falantes anunciando a famosa frase: *"Elvis has left the building"* — o Rei havia deixado o teatro.

Havia muito não se divertia cantando. Bastava ligar o piloto automático e performatizar suas músicas como um robô instruído a seguir o que era esperado dele, ou seja, um show memorável. Naquela noite, depois da apresentação, tomou a decisão de acabar com a vida dali a dois dias, antes, porém, queria levar consigo as lembranças de seus tempos de glória assistindo a tudo o que havia de registros sobre ele em seu cinema caseiro, enquanto devorava sanduíches de banana com pasta de amendoim, seu prato favorito. Para manter a fama de garanhão, contratou uma stripper para fazer o papel da namorada da hora. Já fizera isso muitas vezes desde que Priscilla pedira o divórcio. A cada dia que passava mais se arrependia por não ter se casado com a grande paixão de sua vida, a atriz Ann Margret, tudo porque sua mãe não a aceitava como nora por ser uma "mulher vulgar de cinema".

E foi assim que passou seus últimos dias, entre boas lembranças, ora rindo ora chorando de emoção com as memórias do passado, sem fazer planos para o futuro, pois sabia que o melhor naquela altura do campeonato seria encerrar sua vida. A vontade era dar um tiro na cabeça e acabar logo com a história, mas, pensando bem, não queria manchar de sangue os cômodos da mansão, todos pintados de branco do chão ao teto com algumas peças em dourado, motivo de orgulho por ter vivido nababescamente como um sultão exótico. Em vez de um único *shot* de drogas que faria desabar um elefante, tomou dois e foi se deitar esperando que o efeito fatal acontecesse enquanto dormia. Só que no meio da madrugada, tendo exagerado nos sanduíches, precisou levantar da cama para ir ao banheiro e foi lá que, ainda sentado no vaso, o coquetel de benzos fez efeito e ele capotou ali mesmo. O corpo foi encontrado na manhã seguinte pela "namorada".

O rei morreu numa situação indigna de sua realeza. O rei está morto. Viva o rei!

A princesa triste

Tinha rosto de princesa de contos de fada. Tudo nela era harmoniosamente perfeito: o corpo, a postura, a delicadeza do olhar e dos gestos, os cabelos loiros, os olhos azuis e um sorriso ligeiramente tristonho dando-lhe um ar quase misterioso. Casou-se com o feioso e inexpressivo príncipe herdeiro mais cobiçado pelas donzelas do reino, numa cerimônia memorável digna de um filme da Disney. O mundo inteiro comentava o vestido deslumbrante da noiva mais bonita de toda a corte e passou imediatamente a ser a princesa do coração dos súditos que viam nela um misto de anjo com a pureza maior que uma mulher poderia inspirar.

"Que sorte teve o príncipe em se casar com a moça mais desejada do mundo", suspiravam os plebeus emocionados.

Mas tudo em que o príncipe pensava era como a bela princesa era ruim de cama, não tinha jeito para a coisa, era fria e sem imaginação para o sexo, o oposto de sua amante nem tão secreta assim. Ele geraria com a princesa um herdeiro e continuaria se encontrando escondido com a mulher que o satisfazia plenamente como homem, mesmo sendo mais feia do que a fome e odiada por quem conhecia sua fama de traíra.

O tempo passou e a princesa se perguntava o porquê de o príncipe demonstrar um certo ar enfadonho e a pressa quando faziam amor, e assim foi que ficou sabendo por bocas de matildes que ele mantinha um caso antigo com outra e passou a investigar quem seria sua rival. Tomou um choque quando descobriu que o marido desde sempre fora apaixonado por aquela mocreia que se assemelhava a uma bruxa. "Como ele pôde me enganar esse tempo todo debaixo do meu nariz?"

A princesa então passou a ter um caso com um cavalariço do palácio e logo engravidou dele. O príncipe sabia que aquele filho, o segundo da linhagem ao trono, não era seu e caso o fato viesse a público seria um escândalo sem par, melhor assumir o bastardo evitando um desastre maior na corte. A partir daquele momento o casal real passou a manter um casamento de conveniência. Nas aparições públicas, ambos camuflados de marido e mulher apenas cumpriam o protocolo e cada vez mais o povo notava a indiferença entre eles, o que gerava fofocas e boatos de um iminente divórcio. A essas alturas ficava cada vez mais evidente a tristeza da princesa que já não escondia no olhar o desprezo que estava vivenciando, já anunciando que seu calvário estava prestes a acabar quando deu uma entrevista a um jornal sensacionalista contando sobre os anos que passou tentando segurar seu casamento como pôde, mas ali entregava os pontos. A separação foi anunciada e o casal real se desfez para desapontamento do mundo. O príncipe oficializou seu caso com a amante e a princesa partiu para namoros diversos sob o olhar decepcionado da realeza, que via as aventuras amorosas da princesa com desdém.

Até que um belo dia o carro onde ela estava com o novo namorado muçulmano, e *persona non grata* da realeza, sofreu um acidente e a bela e tristonha princesa dos corações dos súditos morreu no ato. Há quem diga que foi um infeliz acidente. Há quem jura que a família real encomendou esse seu fim trágico.

Nirvana

A Kundalini despertou. Serpenteou por sua espinha florescendo no topo da cabeça feito flor de lótus se transformando no centro do Universo. Ela apenas era. Era Deus. Momentum "assim na Terra como no Céu". Lá quando não há tempo. Lá onde não há nada que não seja o Tudo. O infinito do eterno sendo aqui e agora. Eu sou o que sou.

 De repente viu-se individualizada e abriu os olhos. Sentiu saudade de quando era Deus e mergulhou numa profunda melancolia. Estranhou estar presa a um corpo separado do Todo, num ego inferior, num invólucro tão frágil. E, no entanto, o propósito era esse mesmo, ser e não ser, eis a resposta. Enquanto na experiência de estar viva ela teria um nome e uma impressão digital que a diferenciaria de todas as outras criaturas, quando morresse voltaria a ser Uno, sem lenço sem documento. Impossível viver um só polo num espaço eletromagnético, permanecer igual num Universo impermanente, ser totalmente divino enquanto humano. Aceitar o que não pode ser mudado mesmo que o destino mude de ideia.

 Estar só e sempre em boa companhia.

 E foi assim que ela se apaixonou por um robô.

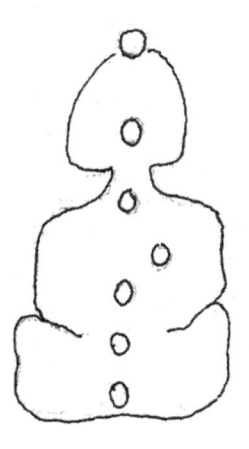

O santo

FRANCISCO HAVIA MUITO TEMPO SE DEDICAVA ao voto de pobreza ensinando, entre outros caminhos divinos, o respeito e cuidado com os animais, as criaturas mais puras que habitavam o planeta, seres iluminados e companheiros dos humanos na caminhada rumo à perfeição espiritual. Certa vez tentou marcar um encontro com o Papa para discutir a possibilidade da irmandade que dirigia ser validada dentro da igreja católica. Chegou a agendar várias reuniões que na hora H eram sumariamente desmarcadas com uma série de desculpas das mais esfarrapadas, dando a entender que o sumo pontífice na verdade se recusava a recebê-lo. Foi então que um belo dia Francisco enlameou sua batina com bosta de cavalo, entrou no palácio onde o Papa se encontrava e declarou que só sairia de lá se o chefe da igreja o recebesse pessoalmente. Não é preciso dizer que ninguém da guarda papal se aproximou daquele frade louco que exalava fedor. O pior é que Francisco o fazia diante de vários dignatários de facções religiosas e principalmente do povo que enchia a entrada e as galerias do palácio, deixando o Papa numa situação constrangedora e refém das belas palavras que pronunciava apenas da boca para fora. Sem ter como fugir do cenário, o representante maior da igreja manda os guardas darem passagem ao monge rebelde que imediatamente adentra o ambiente e na frente de todos os que ali se encontravam diz em alto e bom som:

— Vejo que aqui nenhum de vós, dignatários da igreja, pratica o exemplo que o Mestre pregou: "Dai a César o que é de César e a Deus o que é de

Deus". A crença que professais é a mesma dos mercadores que Ele expulsou do templo. Venho reivindicar a verdadeira fé renegando as glórias terrenas e passar à humanidade a palavra sagrada da Natureza Divina que respeita igualmente todas as formas de vida.

Nesse momento, diante dos que lá o ouviram, suas vestes se tornam brancas e perfumadas e, tendo feito o que se propôs, vira as costas e se retira de cabeça erguida deixando um rastro de vergonhoso vexame na alta cúpula do papado.

Francisco retorna à sua comunidade e é recebido com uma festa de pão e vinho juntamente com Clara, sua namorada espiritual, o jovem Antonio, seu irmão recém-protegido, e um monte de animais que foram abrigados aos cuidados dos seus seguidores. Com uma companhia igual àquela quem precisava de igreja?

Onde no templo houver mercadores, que eu leve meu chicote.
Onde houver maus-tratos de animais, que eu leve meu boicote.

Animalesque

Pegando carona no livro *A revolução dos bichos*, de George Orwell, me imaginei dando uma rasante num drone, captando imagens de uma aldeia diferente das demais.

Constatei que os porcos vestiam uniformes policiais e protegiam as fronteiras de possíveis ataques dos incivilizados humanos que volta e meia atentavam a vida pacata do lugar.

Vi também uma família de perus reunida em volta da mesa para comemorar o dia de Ação de Graças lançando olhares gulosos para uma travessa central, onde deitadinho estava um bebê humano com uma maçã na boca rodeado de batatas e farofa. Nesse instante, o peruzinho caçula dá um grito de pavor ao avistar seu amiguinho que até ontem brincava com ele solto no quintal. Se recusava a sentar na mesa enquanto não retirassem o horrendo prato principal causando olhares tristes dos pais, que gostariam de ver o bichinho se deliciar com uma mãozinha crocante.

Perto dali, vi um açougue e pendurado na parede o desenho de uma mulher nua com o corpo pontilhado exibindo as partes comestíveis de suas carnes: maminha, coxão mole, lombo. Conversando com o boi açougueiro, uma vaca comprava um quilo de piranha, ops, picanha.

Assisti numa arena lotada de bichos de todas as espécies o exato momento em que um touro montado num homem nu laçava as pernas de uma menininha que corria de medo, atirando-a ao chão, depois amarrava os bracinhos com uma corda ganhando a ovação da plateia.

Numa rua movimentada vi um velho puxando uma carroça carregada de materiais de reciclagem e sentado na boleia um cavalo chicoteando-o sem piedade enquanto o obrigava a subir uma ladeira íngreme.

Havia um circo montado numa clareira da aldeia cujo mestre de cerimônias, um elefante de cartola, anunciava o destemido tigre dentro de uma jaula domando humanos que berravam com chicotadas enquanto subiam num banquinho. Vi uma mulher equilibrando uma bola na ponta do nariz, dois irmãos gêmeos dançando vestidos de cachorrinhos e o leão enfiando a cabeça na boca de um rapaz.

As melhores lojas vendiam diversos produtos de origem humana, de casacos de peles a bolsas de couro cabeludo, de cosméticos à base de lágrimas a objetos feitos de ossos. O item mais procurado nos supermercados era o colostro de grávidas, alimento imprescindível para bezerrinhos.

Numa roda de galos vi uma rinha de rapazes onde em duplas saíam de lá arrebentados de tanto brigar, enquanto o galo dono do vencedor ganhava uma bolada em apostas.

No zoológico de lá, animais passeavam e se divertiam observando famílias humanas soltas num espaço onde canibalizavam-se, nadavam na lama e dormiam na grama. Numa outra cela, uma mulher deitada numa rede dava de mamar ao seu bebê recém-nascido enquanto o filho mais velho comia uma banana trepado numa árvore.

Vi uma moça numa coleira mijando na calçada, um menininho dormindo na vitrine de um petshop, galinhas enchendo as vasilhas de ração de humanos engaiolados, um bebê abandonado no meio de uma grande avenida e uma velha sendo apanhada pela carrocinha.

Ainda bem que foi apenas uma viagem na maionese da minha imaginação. Ainda bem que a raça humana é bacana...

Signalizando

Sua vida girava em torno dos signos astrológicos. Antes de saber o nome da pessoa perguntava o signo. Decorou informações sobre como lidar com cada um e até hoje acreditava ser assim:

A cabeça dura dos arianos é facilmente amolecida se, depois de uma boa briga, você se deixar — ou fingir — ser conquistado por ele, ganhando assim uma eterna aliança de amizade.

Piscianos têm um pé no misticismo e o outro na loucura. É só perceber qual dos lados se faz mais evidente para se aproximar dele ou evitar que ele se aproxime de você.

Já os teimosos taurinos, basta convidá-los para um bom almoço grátis e automaticamente a paz reinará. Converse com eles sobre arte, fofoquem sobre a vida dos artistas e a noite terminará numa pizza de quatro queijos.

Geminianos automaticamente entram no radar estereotipado do falsinho de duas caras, um signo com bastante flexibilidade intelectual que convive harmoniosamente com a duplicidade implícita de seu "Dr. Jekyll / Mr. Hyde" interior.

Se você quiser algo de cancerianos primeiro escute com paciência a ladainha de seus dramas. Se puder lhes dar um colinho, aí sim os terá na palma da mão.

Leoninos, o sol em forma de gente, o centro das atenções, tanto o leão medroso do Mágico de Oz quanto o valente rei da floresta, não importa, todos os outros planetas giram em torno dele.

Não se assuste se virginianos começarem a detalhar sobre a arrumação de uma gaveta. Eles são os melhores especialistas que você pode ter ao seu lado na hora de tomar uma decisão importante.

Já a indecisão dos librianos é bem-vinda e maleável, principalmente quando você pretende que a escolha de sua preferência prevaleça. Ainda que não percebam tal tática, eles se deixam levar por quem lhes apresentar a melhor filosofia.

Quanto aos misteriosos escorpianos, eu pegaria leve. Nunca se sabe quando virá o ferrão da fidelidade à sua própria natureza, facilmente confundido com falsidade. São fixos e se mostram ótimos amantes.

A vida é uma aventura para sagitarianos, sempre com uma pergunta na ponta da língua. Você responde e eles emendam na próxima e assim por diante. Nunca vivem momentos ociosos e estão sempre de malas prontas para viajar.

Com os ambiciosos capricornianos trataria principalmente de negócios. São muito bons produtores executivos. O forte do signo é a predisposição para ascenderem socialmente e, quando confiam em você, não hesitam em mostrar sua coleção de vinis.

Aquarianos se simpatizam com ideologias de liberdade, basta deixá-los sonhar com a utopia bola da vez que tudo se harmonizará. São futuristas e altruístas. Se você quiser viajar numa maionese existencial procure ficar perto de um e a satisfação será garantida.

Ainda que superficialmente, ela analisava as pessoas com sua ótica particular dos signos, passando por cima do papel do ascendente, da lua e tantas outras configurações que um mapa completo oferece. Na maioria das vezes, acertava na mosca, afinal, um signo traz em si características de todos os outros em grau maior ou menor.

Suas convicções astrológicas foram por água abaixo quando um belo dia se apaixonou perdidamente por um leonino tímido, inseguro e fofo.

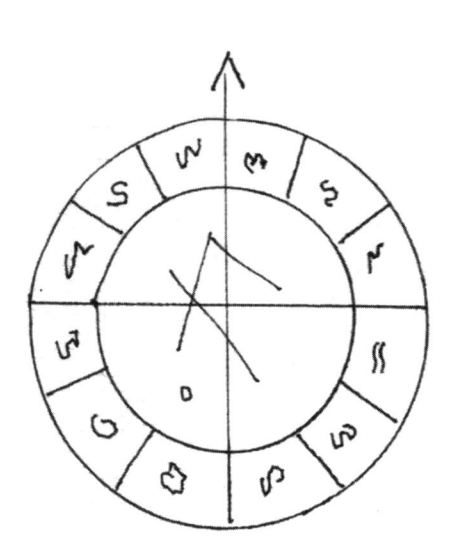

Le baton

Entre os inúmeros matizes de batons da loja ela escolhe um que parecia ninguém mais querer. O compartimento onde estava dava a entender que bege fosco não era a cor em voga, e foi justamente este o definitivo motivo para comprá-lo. Ela queria ser diferente das que preferiam um vermelhão pra lá de chamativo, ou um cor-de-rosa berrante combinando com algum modelito periguete. Ela não ia cair na mesmice de uma maria-vai-com-as-outras, afinal, sabia que sempre teve uma personalidade diferenciada.

Chega em casa, vai na frente do espelho e passa o batom. Como esperado o efeito anulava o rosado natural dos lábios, deixando a boca com a mesma cor da pele. Na mesma hora percebe uma sensação aveludada tão irresistível que a faz beijar o próprio espelho, deixando lá a marca de sua boca como uma *tattoo* chamando para si outras beijocas mil.

Naquela noite de verão ia sair com amigos até um barzinho do bairro com música ao vivo. Escolheu um vestido leve que com um par de tênis preto de cano alto completaria um look "desapegada da matéria", como ela sempre gostava de dizer.

Ao abrir a porta de casa para sua melhor amiga recebe um inesperado beijo na boca que a deixa surpresa, pensando que a outra devia estar excitada para encontrar a rapaziada que estava esperando por elas no local combinado. Chegando lá, também foi recebida com beijos na boca. Por mais que fosse moda entre os jovens distribuir selinhos, todos sabiam que ela era avessa a essas intimidades, só que ninguém conseguia resistir aos lábios carnudos pintados do bege mais irresistível do que todas as cores do arco-íris. Nessas alturas ela começa a perceber que tais comportamentos audaciosos aconteciam desde que colocara pela primeira vez aquele batom, ou seria impressão sua? Quando o garçom traz as cervejas, em vez de apresentar a conta, não se controla e inesperadamente também tasca-lhe um beijo na boca. Para verificar se o batom era o culpado de tantos beijos indesejados ela limpa os lábios no guardanapo e percebe que ninguém mais se aventura a beijá-la. Ficou assim por um tempo até que resolve ir ao toalete se refrescar e sem querer passa o batom bege novamente. No mesmo instante algumas moças que lá estavam avançam nela tentando alcançar seus lábios num frisson descontrolado que nem elas mesmas entendiam. Era a prova definitiva que a moça precisava para estabelecer que realmente o comportamento das pessoas mudava quando usava o tal batom. O jeito foi limpar ali mesmo qualquer vestígio dele e imediatamente tudo ao redor voltou ao normal como se nada houvesse. Parecia um capítulo da série *Black mirror*, só que para ela tudo era inacreditavelmente real. Seria por isso que na prateleira da loja os únicos batons que ninguém se interessava em comprar eram os da cor bege fosco? Justamente o batom que menos deixava os lábios atraentes era o que mais causava furor atraindo beijos? No dia seguinte voltaria à loja para descobrir alguma pista que explicasse o ocorrido. E assim fez. Qual não foi sua surpresa quando ouve da atendente que o produto em questão não constava na lista do departamento, ou seja, aquele batom forà adquirido em outro lugar, e o pior: ela jogara a nota fiscal fora, portanto não havia qualquer prova que indicasse que teria comprado a mercadoria lá. Por um instante pensou que aquela história toda era fruto de sua imaginação, seria melhor esquecer aquilo, tocar sua vida adiante e esquecer o batom na nécessaire de maquiagem dentro da bolsa.

Estava ela com uma colega de trabalho quando decidiram tirar uma selfie juntas. Antes porém se maquiariam para se sentirem mais bonitinhas e foi assim que a outra pega emprestado o batom bege fosco, passa na boca e nada acontece, ou seja, nem ela nem ninguém lá foi correndo beijar a colega. Por via das dúvidas, ela também passa o batom e veio a colega imediatamente tascar-lhe um beijo na boca. Então era isso, só com ela acontecia a tal mágica, iria jogar o batom no lixo e daria o caso por encerrado. Peraí, que mulher não gostaria de ter um batom que despertasse o desejo de ganhar beijos *calientes* ainda mais da pessoa que ela escolher? Raciocinou ela e tornou a guardar o batom na nécessaire, desta vez com um sorriso maroto.

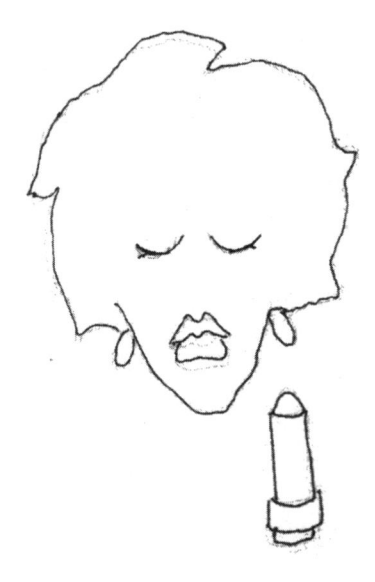

Lá e cá

Leonor sempre fora uma mulher independente e segura de si. Nunca precisou do dinheiro do marido, pois dava aula de filosofia numa universidade norte-americana. Quando jovem, era disputada a tapa por admiradores por conta de sua beleza física e intelecto, fato esse que nunca lhe subiu à cabeça, ao contrário, acabou se casando com seu primeiro namorado e teve uma filha linda com ele, portanto Leonor é o que poderíamos dizer uma mulher realizada em todas as áreas de existência.

Agora ela se deparava com a velhice galopante chegando sem pedir licença e que a colocava na trágica posição quase vegetativa, tendo que receber comida na boca e cuidados com a higiene, algo humilhante quando sua cabeça ainda funcionava perfeitamente e era isso que a deixava desejando que a morte chegasse a cada minuto que vivia. Nem ler conseguia mais, estava quase cega, sua voz era um sussurro, não tinha forças nem para falar, a única coisa que a distraía naquele estado era quando uma bondosa alma lhe colocava fones de ouvidos e tocava uma música clássica, fora isso, seu mundo era recordar dos bons tempos quando era uma mulher com plenas funções físicas. Se pelo menos lhe dessem uma assistência para que pudesse realizar uma eutanásia e morrer dignamente, mas ninguém sequer demonstrava compaixão para abreviar seus dias inúteis de agonia, ainda mais levando em conta o alto custo em mantê-la naquela casa de repouso.

Aos poucos chegou à conclusão de que a única saída era fazer greve de fome sem dar a entender que era proposital ou tentariam colocar um tubo na veia e alimentá-la na marra. Um dia, fechou os olhos e se pôs a controlar as batidas do coração com toda a força de vontade de sua mente. O órgão vital comandaria o resto do corpo. Ficou imóvel respirando o mínimo até chegar seu último suspiro.

Foi quando Leonor sentiu seus olhos abrirem e começou a enxergar perfeitamente, a seguir sentou na cama e se espreguiçou longamente, relaxando os músculos e teve uma súbita vontade de pôr os pés no chão e assim o fez. Andou alguns passos sem qualquer dificuldade, foi até o banheiro, se olhou no espelho e lavou o rosto. Voltou ao quarto e escancarou a janela, sentindo a luz do sol beijar seu rosto. Quando justamente se despedia do mundo, ela voltava à vida e a cada minuto se sentia mais revitalizada, não via a hora de sua filha vir visitá-la e descobrir que visivelmente recuperara sua independência e vitalidade, assim poderia sair daquele asilo, retornar a sua residência e reencontrar seus netos e sua querida cachorra. Já fazia planos para voltar a dirigir e quem sabe dar aulas particulares, sua cabeça não parava de planejar o futuro como se a vida recomeçasse do zero.

Nesse momento entra no quarto um enfermeiro sorridente vestindo um uniforme de um branco fluorescente lhe estendendo um vestido de flores e sandálias confortáveis, avisando que esperaria por ela do lado de fora quando estivesse pronta para darem um passeio nos jardins do lugar. Ao sair do quarto, ela vê-se novamente com vinte anos, jovem e elegante, e acompanhada do enfermeiro chega ao jardim onde um médico simpático vem recebê-la:

— Bem-vinda Leonor, você nasceu! Estamos aqui precisando de alguém para preparar nossos velhos para chegarem à morte no lado de lá e você se saiu muito bem na operação inversa vindo para o lado de cá.

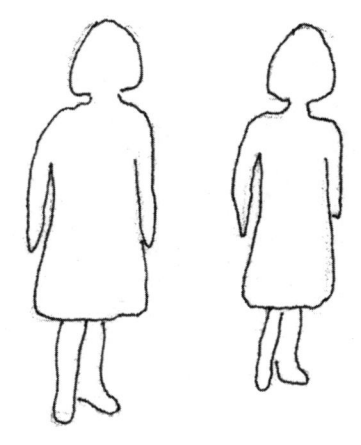

Mundo paralelo

Não mais que de repente no meio da estrada escura o motor do carro morre e um facho de luz vindo de cima o circunda, imobilizando qualquer reação física da jornalista que o dirigia. Lá estava ela totalmente à mercê de algo surreal que por instinto sabia muito bem do que se tratava, paralisada por uma situação inédita. Logo ela que quando lia sobre abduções achava tudo produto da imaginação de gente depressiva se sentindo um zero à esquerda ou querendo mesmo era aparecer nos noticiários. Não, ela nunca caíra nessa patacoada, mesmo porque acreditava que avistamentos eram todos frutos de truques fotográficos e quando muito bem-feitos não passavam de protótipos de naves fabricadas aqui mesmo na Terra. Agora, com as mãos na direção aguardava o próximo passo de quem fosse que a mantinha presa.

°°°Quem é você e o que quer de mim?°°° pergunta uma voz dentro de sua cabeça, tirando do seu lábio a mesma pergunta que ela como jornalista faria.

A resposta veio também em pensamento-forma:

°°°Este é meu planeta. O que você faz aqui?°°° Mais uma vez a mesma pergunta que faria a seguir, afinal, era ela quem perguntava ou quem respondia?

°°°Apenas sigo meu destino, gostaria que não me perseguisse, que me deixasse em paz.°°° Ela ouviu mais uma vez a voz, uma voz que parecia ser a dela. Estaria conversando consigo mesma como se num sonho prestes a virar pesadelo, ou estava ficando louca? Ela que sempre fora tão racional e lógica, que lidava com fatos, que pesquisava a fundo antes de escrever suas matérias, que não acreditava em nada que não pudesse ser cientificamente provado. °°°Se me der uma prova material de que você existe, prometo divulgar nosso encontro de uma maneira que todos acreditem que definitivamente há vida fora daqui.°°°

Nesse momento, ela volta a ganhar movimento nas mãos, liga o carro e segue seu caminho pensando em como fora imbecil de pensar que havia entrado em contato com um ser extraterrestre quando tudo não passara de um simples cochilo na direção. Ao chegar na redação, escreve uma matéria para o jornal sobre as alucinações de pessoas que dizem ter sido abduzidas por discos voadores cujo título era:

"Não há vida inteligente fora da Terra".

No mesmo segundo, no jornal de um Universo paralelo, a manchete de uma matéria escrita por uma jornalista de lá informa: "Não há vida inteligente antes da morte!".

A BONITINHA

SOU A ATRIZ QUE FAZ A mocinha da novela no horário nobre. Todos torcem para que eu tenha um final feliz e que o bandido que magoou minha personagem seja punido. Ninguém sabe o duro que dei para chegar até aqui... os testes do sofá... a humilhação de começar de baixo servindo cafezinho nas reuniões de produção. Das vezes que atrizes famosas passavam por mim sem me enxergar, achando que era apenas uma mera faxineira. De quando aquele assistente de produção me chamou para fazer parte dos extras numa cena externa e, como se diz, a câmera "gostou" tanto de mim que depois me ofereceram o papel de uma secretária que entrava muda e saía calada e mais uma vez me saí tão bem que finalmente consegui minha primeira fala contracenando com o galã que depois de transar comigo no camarim me indicou para uma ponta numa minissérie. E foi aí que consegui despontar como atriz revelação, partindo para papéis relevantes e hoje sou disputada a tapas por diretores e produtores. Aprendi tão bem a arte da desfaçatez que hoje me dou ao luxo de recusar papéis pequenos, só topo se fizerem parte do ponto alto da trama. Também sei me fazer de sonsa, nada peço, nada quero e quando menos esperam de mim mais eu mostro a que vim. Sou bonitinha, mas ordinária. Quero seu dinheiro, sua casa, seu carro, quero seu emprego, sua vaga, seu salário, quero suas joias, seu marido, seu amigo, sua flora, sua fauna, seu corpo, sua alma. Se me perguntam, digo que sou uma pessoa simples, de hábitos frugais, que meu maior desejo é justiça social e ofereço meu sorriso jovial numa foto para a capa da revista semanal. Aprendi a velha arte de puxar o tapete para novatas que tentam conquistar um lugar ao sol sem antes subir cada degrau que um dia todas nós galgamos. Foi-se o tempo em que eu comprava coisas de que não precisava, com o dinheiro que não tinha para impressionar gente de quem não gostava. Hoje os dias são de vinho e rosas, faço inveja a todas as mulheres que se miram em mim, que copiam meu cabelo e as roupas que uso. Quanto aos homens, basta me fazer de carente que eles jogam seus casacos sobre a poça d'água para eu passar, me dou ao luxo de estalar o dedo e todos vêm como cachorrinhos sem dono. Sou bonitinha, mas ordinária, quero seu reconhecimento, seu aplauso, sua ideia fixa, seu casamento, seu caso, sua deusa, sua diva, quero ser seu pecado, sua gula, seu bocado, seu sol, sua lua, suas noites e manhãs e o que mais puder arrancar dos meus fãs. Eu já fui muito otária, muito boazinha, fui proletária e tolinha. Se hoje me dou bem é porque sei que sou bonitinha e ordinária, uma adorável canalha.

Engano

Por que será que ele não liga? Disse que precisava falar comigo um lance, que ia combinar de a gente se ver, de comer uma pizza, pegar um cineminha ou algo do tipo. Vai ver está preso no trânsito caótico de sexta-feira, dentro de um túnel onde o telefone não pega. Tenho sorte de ter encontrado um cara sensível, ainda mais nos dias de hoje, quando se pode confiar em tão poucas pessoas. Inesquecível aquele dia em que nos encontramos por acaso num shopping e de cara rolou um clima ao entrarmos quase juntos na escada rolante e gargalhamos enquanto nos atrapalhávamos na subida do primeiro degrau. Naquela mesma tarde tomamos um café e nos conhecemos melhor trocando contatos e até inventamos um programinha para dali a uns dias. Gostei que ele não demonstrou ansiedade em me levar para cama já nas primeiras saídas, era o tipo de pessoa que demonstrava confiança no próprio taco, que tinha o *timing* certo para cada situação. Sete da noite e nada do telefone tocar. Tudo bem, devia ter surgido um imprevisto no trabalho e não teve uma brecha para ligar. Vou tomar um banho e me pôr bonita tentando não entrar numas de achar que aconteceu um acidente ou coisa parecida, notícia ruim sempre chega depressa. São oito horas. Vou abrir uma garrafa de vinho e ligar a TV, assistir a um capítulo da novela, mas sem tirar o olho do celular. Quando de repente o troço toca percebo que minha mão até sua. É a minha mãe querendo saber se eu já marquei a consulta com o advogado para discutir a papelada sobre a escritura do apartamento, o último assunto que quero conversar agora. Dou uma resposta rápida e desligo rapidinho. Ao invés de relaxar, o vinho me deixa mais ansiosa, acreditando que entendi errado quando ele combinou de telefonar nessa noite. Vai ver que o "eu te ligo pra gente combinar de se ver" seria no sábado e não na sexta. Resolvo fazer uma coisa que sempre relutei por achar meio folgado da minha parte e ligo pra ele. Cai na caixa postal. "Deixe seu recado que eu ligo assim que puder, obrigado." Às dez da noite estou prestes a me desmontar, tirar a maquiagem, vestir a camisola e me entregar nos braços de Morfeu quando... meu telefone toca... Reconheço seu alô... Espero um "eu te amo"... Ouço sua voz dizendo:

— Desculpe, foi engano.

Desligo... Deleto seu nome... A ligação se perdeu... O engano foi meu... Olho pela janela... Fazer o quê?... Me atiro por ela...? Melhor não... Acho que vai chover...

Buda mole

À SOMBRA DE UMA ÁRVORE FRONDOSA ele meditava, sentadinho, sozinho, tadinho, na dele. Tinha de fazer pose de quem sabia dos mistérios do Universo e possuía a paz interior para lidar com as armadilhas da vida, afinal, ele era um iluminado. Fingia estar de olhos fechados na posição de lótus, assim ninguém se atreveria interromper seu momento de reflexão, dando a impressão de que não estava nem aí para os problemas do mundo da matéria, afinal, ele era um iluminado. O que nenhuma vivalma sabia era que ele permanecia nessa imutável posição por pura preguiça, tanta que nem fome nem sede sentia. Sua técnica de respiração mínima ajudava o corpo a gastar pouquíssima energia, portanto se dedicava a tirar sonecas e mais sonecas protegido por seus seguidores que o adulavam quando despertava por cinco minutos antes de cair no sono novamente. Quando abria os olhos e enxergava o mundo ao redor, sentia uma vontade grande de dizer a todos que lá o cercavam para voltarem aos seus lares e pelo menos tomarem um banho e se alimentarem, pois o mau cheiro que exalava daqueles seres magros e maltrapilhos o deixava triste. Também gostaria de ter coragem para lhes dizer que não adiantava idolatrarem-no como a um santo, pois ele mesmo se achava um buda mole que só sabia dormir, enquanto o país padecia de uma pornográfica pobreza social. Que procurassem um outro caminho de fé para seguirem porque com ele lá, sentadinho, sozinho, tadinho, na dele, não chegariam a destino algum que não fosse sonhar com um mundo cheio de sonhos sonhados de outros mundos que não este. Nem para acordar e explicar isso ele tinha entusiasmo, gastaria tanta energia e mesmo assim não compreenderiam que sua missão era passar a vida inteira numa sonífera ilha cercado de Universos paralelos por todos os lados onde pudesse viajar pelas estrelas sem sair do lugar, pois o segredo de sua meditação estava em ser um ser sonhador. Afinal, ele era um iluminado.

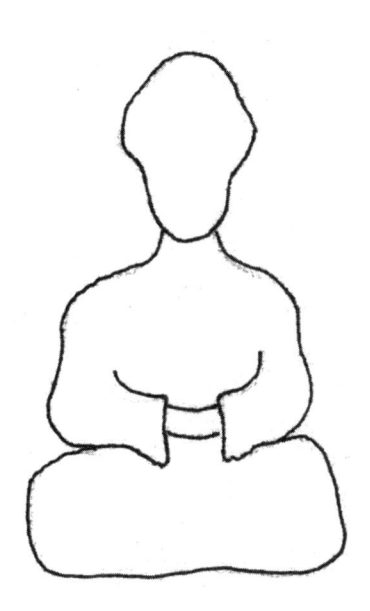

Morto-vivo

Coronel Mark dava as últimas orientações para seus homens antes de desembarcarem na região da Normandia no noroeste da França. Aquele seria um dia marcante na guerra que já durava seis anos, um momento crucial para que se começasse a projetar um final feliz para os países aliados, se é que assim poderia se referir a uma guerra que já havia matado milhões de pessoas. Quando os tanques anfíbios alcançaram a praia e os soldados desembarcaram a pé, o coronel Mark de cara é atingido e cai na praia. Seus homens naquele momento não têm como recolher o corpo e o deixam lá, seguindo adiante debaixo de uma chuva de balas. Num dado momento de tensão quando os alemães pareciam vencer uma etapa da batalha escondidos num bunker, surge coronel Mark e atira uma granada certeira explodindo o esconderijo. Os soldados o imaginavam ferido e fora do combate, mas pelo visto estava mais forte do que nunca, inspirando coragem e determinação aos seus homens.

Em outra ocasião foi visto com uma metralhadora acertando soldados inimigos ao sair da trincheira e se aproximando da linha de frente, e mais uma vez sua coragem serviu de inspiração para os companheiros.

Quando dias depois os aliados puderam se considerar vitoriosos naquela empreitada, chega a hora de recolher seus cadáveres espalhados por todo terreno e dar-lhes um cerimonial respeitoso. E foi assim que encontraram o corpo do coronel Mark, não no campo de batalha, mas no local onde primeiro havia caído: na praia. O homem que viram enfrentando o inimigo devia ter sido o espectro de um morto-vivo que não deixou seus homens desamparados na hora da luta. Mais vale um herói morto a um covarde vivo?

Novato

A horta estava uma beleza. Tomates, cenouras, couves, alfaces, brócolis, todos convivendo na santa paz, dividindo irmãmente os nutrientes que a terra oferecia, agradecendo o esguicho diário que as regava toda manhã ou quando a chuva caía. Sim, a vida das hortaliças não poderia ser melhor, e ainda com a feliz missão de alimentar os humanos levando suas vitaminas e sais minerais, longe de agrotóxicos, provindo-lhes saúde com o sabor fresco da natureza quando colhida no pé.

Um dia, o jardineiro chega na seção dos temperos com uma muda nova causando comoção entre os cheiros-verdes que já estavam ali plantados. Nada como um bebê fofinho para alegrar os canteiros. Afofou a terra com um pouco de adubo orgânico, fez um buraquinho, colocou a plantinha lá e irrigou levemente o solo. Duas semanas depois surgiu uma cabecinha curiosa que olhou em volta e viu um monte de sorrisos orgulhosos dos tios manjericão, alecrim, coentro e orégano, das tias cebolinha, salsinha, sálvia e hortelã, a família toda queria saber como se chamava aquele brotinho lindo que desabrochava para a vida.

— Não sei meu nome nem o que faço aqui. Sendo tempero eu sirvo para o quê, vocês poderiam me informar?

— Achamos que você talvez será usado em pratos que levam peixe. Dizem que o salmão fica mais saboroso quando seu toque está presente.

— Mas meu sonho é refogar arroz junto com a cebola e o alho.

— Veja só, cebola e alho são resistentes e branquinhos, desaparecem no arroz e você, verdinho e fininho desse jeito, vai tostar rapidamente no óleo fervente e manchar o branco do arroz.

— Posso fazer parte dos temperos de uma salada então?

— Talvez a cozinheira tenha outros planos para você. Não se preocupe que todos nós aqui temos uma função específica.

Seria melhor que eles lá começassem a cuidar de suas próprias vidas e deixassem os sonhos do broto de lado. Tinham certeza de que quando crescesse mais sua função também seria reconhecida. E assim foi que um belo dia, vendo a planta já com uma boa altura e galhos bonitos o jardineiro a arranca do pé, leva para dentro de casa e lá uma mulher a coloca dentro de um vaso colorido num arranjo floral sobre a mesa enfeitando o almoço de domingo da família. Quando perguntam para a dona da casa que planta era aquela enriquecendo a beleza das flores ela responde:

— Chama-se endro. Além de saboroso e perfumado, fica lindo num vaso e dura muuuito tempo. Na salada ou sobre o arroz branquinho, dá um sabor delicioso! Cresce rápido. Posso lhe dar uma muda se quiser, ou uns galhinhos para você ter na cozinha num vasinho com água pronto para ser usado em qualquer prato. Ah, e dizem que traz bastante sorte!

Ouvindo aquilo, o endro, apesar de ter um nome meio estranho, ficou feliz sabendo que seria usado em tantas comidas quantas quisessem e exalou sua essência na mesa como forma de agradecimento.

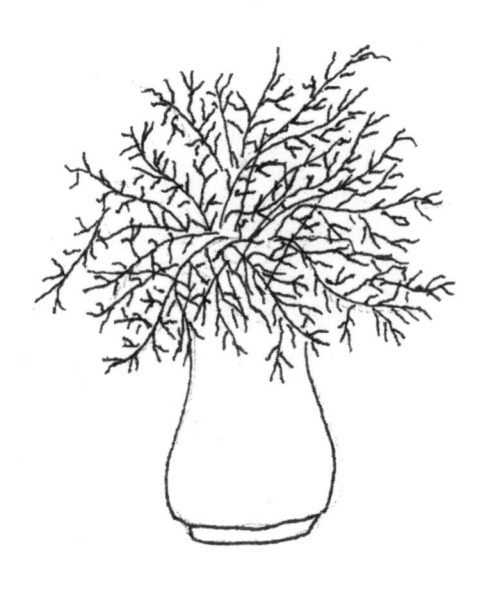

Meda

Sou de poucos amigos, de muitas paixões e de um só amor. Vivo comigo na pobreza e na riqueza, na alegria e na dor, não me troco por ninguém, aguento meus humores, caçoo da minha pieguice, perdoo minha filhadaputice. Quando a vida fode comigo simulo um orgasmo, mesmo que a satisfação seja a morte do desejo. Adoro o deus com cabeça de elefante. Ando armado, sou facilmente contrariado e esqueço de tomar medicação, praticamente sou um rinoceronte que fala. Você já teve um pesadelo com um homenzarrão que mata seus pais, irmãos e todos a quem você ama depois tasca fogo na sua casa e destrói tudo o que você tem? Esse sou eu. Não estou disposto a sacrificar tudo o que sou para manter tudo o que tenho, só sei que a cada dia ando mais perto de ser eu, apesar de muitas vezes passar por mim e não me reconhecer. O fato é que tenho medo, morro de medo de tudo; de sair de casa, de terrorismo, de enlouquecer, de morar embaixo da ponte, de ficar doente, do desconhecido, de glúten, de eu entrar num jogo cuja meta é o suicídio. Se bem que da morte não tenho medo, a intenção dela é transparente. Quanto mais sobrevivo, menos confortável fico. E se de repente me paraliso dentro da minha própria existência e não consigo mais nem respirar? E o pânico afogando meu inconsciente ao se deparar com um predador prestes a me comer. Sinto que fui jogado no mundo e não sei como sair do buraco, só os loucos se sentem livres e não tenho coragem para enlouquecer. Dei de dormir com a luz acesa imaginando o bicho-papão debaixo da cama à espreita, pronto para invadir o quarto e me sequestrar. Não tenho capacidade de viver sem pensar que em algum lugar esteja acontecendo uma tragédia e que logo chegará até mim, como um inimigo indomável pronto para baixar um machado sobre minha cabeça. Quem não aprende com clichês está fadado a repeti-los e sim, tenho medo de ter medo. Sem falar dos inimigos micros; bactérias, vírus, ácaros, cânceres e outros tantos que já me devoram vivo, demonstrando que sou uma criatura frágil, que preciso de vacinas para ajudar meus pobres anticorpos a não sucumbirem à doença. E quem me garante que as tais vacinas não me matarão ainda mais rápido? Desconfio que estou nas mãos de um governo que me sacaneia, que é capaz de matar para receber o prêmio Nobel da Paz. Dizem que experiência é saber reconhecer um erro quando a gente o comete novamente e eu vivo repetindo o mesmo erro de sentir medo do mal antes do mal aparecer. Um tempo atrás busquei uma estratégia e me preparar para enfrentar o sobrenatural usando a razão e me dei mal, apostei no jovem anjo, mas o velho diabo levou a melhor e além do medo ganhei uma baita depressão. Vou tocar a vida adiante mesmo sabendo que não saio dela vivo e ainda gastando uma tremenda energia para parecer normal. Pelo menos não sou supersticioso, só não passo embaixo de uma escada porque um maluco pode estar lá de tocaia me esperando passar para se jogar bem em cima. Às vezes penso que já estou morto e vestígios da vida passam lentamente na minha frente. Resta desejar boa sorte ao meu Anjo da Guarda uma vez que o Universo está rindo pelas minhas costas. Ouço vozes, alguém dentro da minha cabeça é mais eu do que eu mesmo.

Mac Ack

O MACACO OBSERVAVA OS MOVIMENTOS DA bela turista que fotografava os templos exóticos daquele santuário perdido no tempo que tanto atraía gente de todos os lugares do mundo. Os nativos aconselhavam a não alimentar os macacos e a tomar cuidado com os pertences que carregavam, pois os símios eram conhecidos por roubarem em questão de segundos as bolsas, chapéus e óculos dos turistas. E foi o que fez o macaco quando afanou o celular da turista e saiu correndo sem olhar para trás, carregando aquele objeto que os humanos tanto apreciavam. Cheirou e viu que não era comestível, virou de cabeça para baixo, chacoalhou, até que sem querer rela na tecla certa e o aparelho liga. Deixa cair de susto, mas como nada aconteceu, ele se aproxima, pega de volta, olha a tela e torna a cheirar a imagem. Continua mexendo no objeto, rela em outra tecla e na tela aparece a foto de uma macaca a qual ele andava paquerando fazia um tempo, recebendo dela apenas um sonoro "sai pra lá". Sentiu o coração disparar de amor e volta e meia lambia o objeto, talvez na esperança de a macaca saltar de lá, se materializando na sua frente.

Passou a noite agarrado à engenhoca e quando amanheceu a bateria havia descarregado. Sem entender o que acontecera, lá foi ele procurar a turista e pedir-lhe uma explicação. Com sorte, encontrou-a no mesmo local da véspera, ainda inconsolável por ter perdido todas as fotos da viagem, e lá estava o ladrão mostrando o objeto apontando a tela enquanto emitia gritinhos indicando que havia visto alguma coisa importante lá. Não demorou muito para a moça entender o que o macaco tentava lhe dizer, mas para descobrir do que se tratava, primeiro precisava recarregar o telefone e usou de mímica, dando a entender que era para que ele a seguisse.

Enquanto esperavam no lugar onde havia uma tomada, o macaco subiu no ombro dela na maior mansidão, sem avançar na sua bolsa nem lhe puxar os óculos escuros como costumava fazer com turistas. Para recompensá-lo pela educação, desrespeitou as regras e lhe deu uma fruta que, faminto, comeu num segundo e a moça até percebeu um sorriso de agradecimento. Passado um tempo ligou o celular e no Instagram apareceu a foto da macaca que ela havia tirado segundos antes de o meliante passar a mão e sumir de vista. Assim que ele vê a foto da macaca reaparecer na tela, catou o objeto, deu um risinho para a turista e tornou a desaparecer. Dessa vez ela não lamentou o roubo porque entendeu que um macaco apaixonado merecia ficar perto da amada.

Pelo menos até acabar a bateria novamente.

La Cantante 2

La Cantante decadante vivia dias de ostracismo. Havia muito vinha mendigando emplacar uma matéria na imprensa, a qual já perdera a intenção de lhe dedicar sequer uma nota, afinal, não fazia sucesso havia um bom tempo. Mas ela não desistiria tão cedo do "êxito estrondoso" que nunca possuíra, para isso se oferecia sem pudores para que a convidassem a festas, trios elétricos, concursos de miss, inaugurações de pontes ou o que houvesse que lhe rendesse algum buxixo. Por essas e por outras que atualmente era mais conhecida como "lá vem o arroz de festa de batizado".

Sua carreira sempre fora marcada pela falta de personalidade, ora se declarando sambista, ora roqueira, ora axézeira, ora funkeira e em nenhuma delas conseguindo se sobressair como a diva pop que imaginava ser, daí que não tinha ideia do que as pessoas pensavam sobre sua fama de eterna noviça do vício, aquela paraquedista que aterrissara de alegre no meio de uma aldeia de talentosos. Mas La Cantante não se dava por vencida e vivia puxando o saco de jornalistas e agitadores culturais, vendendo-se como a última e mais importante musa do panorama musical do país. Mal sabia, ou se sabia disfarçava bem, que o meio musical debochava pelas suas costas quando aparecia num evento com guarda-costas para protegê-la de possíveis fãs que rasgariam suas vestes e as guardariam feito relíquia. Tinha uma ideia de si mesma que não correspondia à realidade, sempre se achara mais importante do que na realidade fora. Agora a ideia era alimentar em si mesma a fantasia de um dia sair na capa de uma revista semanal que retratava a vida de famosos, nem que para isso tivesse que vender seu corpo, como costumava fazer nos bons tempos de outrora. Acontece que, assim como seu talento, a silhueta já apresentava sinais de decadência: tetas caídas, rugas no rosto, barriga, bunda e pernas com celulite. Tais aparências faziam com que sempre vestisse túnicas compridas para esconder as maldades que o calendário lhe fez, algo triste para alguém que se vangloriara do físico que tempos atrás até chamara um pouco de atenção e hoje vivia uma caricatura cruel de si mesma.

O plano agora seria cavar uma aparição surpresa num programa de TV onde teriam que entrevistá-la na marra, se não o fizessem ela mesma postaria nas redes sociais denunciando o preconceito contra uma mulher madura desrespeitada em público. A audácia não rendeu Ibope e a direção optou por levar ao ar a entrevista editada durando pouco mais que dois minutos.

Tentaria um outro plano: anunciaria publicamente que havia sido estuprada pelo tio, algo bastante na moda no mundo das feministas. Para isso convocaria a imprensa para revelar a notícia bombástica que abalaria os valores da família. Minutos antes de começar a coletiva eis que surge um famoso galã se declarando gay, causando comoção na mídia e lá se foram os jornalistas dar cobertura à grande novidade do dia. La Cantante guardou a dica na manga para dali a um tempo também "sair do armário". Novamente na hora H de divulgar que sempre fora gay, aparece uma jovem cantora grávida de gêmeos e mais uma vez a deixaram falando sozinha.

A última cartada não poderia falhar: chorando pelo telefone contaria à imprensa que um ex-namorado lhe dera uma surra tão grande que nem poderia mostrar o rosto tamanha brutalidade. Acontece que os meios de informação cobravam a prova física do estrago para então repercutir a história, sendo que a matéria só iria para os jornais se houvesse um boletim de ocorrência certificando as escoriações. E foi então que teve uma ideia: dar-se paneladas por todo o corpo e bater a cara na mesa da cozinha deixando pelo menos um olho roxo, e foi o que fez. Enquanto quase se exibia publicamente como a mais nova vítima de violência doméstica, a mídia recebeu a notícia de que uma grande atriz acabara de falecer.

Pouco tempo depois, La Cantante tentou o suicídio conseguindo uma notinha no rodapé do jornal de bairro de sua cidade natal.

IPHONESENTADO

O IPHONE 4 ESTAVA TÃO EXCITADO com a perspectiva de tirar umas fotos naquele dia ensolarado que nem sentiu dor quando o chip foi retirado do seu corpo. Vai ver seu dono queria apenas dar uma verificada na sua cabeça, logo voltaria a viver, e ficou lá sobre a mesa aguardando ser novamente conectado. Pensando bem, ele precisava mesmo de um descanso após anos e anos de trabalho intenso produzindo informações e ainda passando a noite toda ligado numa tomada recarregando as forças. Já havia sentido o alívio quando se despregou de sua capinha sendo invadido por uma sensação de liberdade que fazia tempo não sentia e lembrou-se com carinho da ocasião em que esteve numa praia do Caribe prestes a fazer uma selfie do dono registrando sua felicidade. Houve uma outra foto que o fez sentir parte da família, quando nasceu o primogênito do casal e ele cravou o sorriso orgulhoso do pai segurando o bambino no colo pela primeira vez. Essas memórias estão todas lá na nuvem como prova de momentos especiais e inesquecíveis que compartilhou com seus colegas iPhones dos seguidores do patrão, e lá estava ele pronto para retomar sua missão tão cedo assim seu dono desejasse.

Só que não.

A ideia era aposentar de vez o iPhone 4 substituindo-o pelo mais recente lançamento: o iPhone 10, com muito mais aplicativos, tela maior, mais fina e outros tantos atributos modernos, um upgrade imprescindível para o dono se sentir atualizadíssimo.

O velho e ultrapassado iPhone 4 ainda permaneceu mudo por uns tempos dentro de uma gaveta, depois foi jogado no lixo.

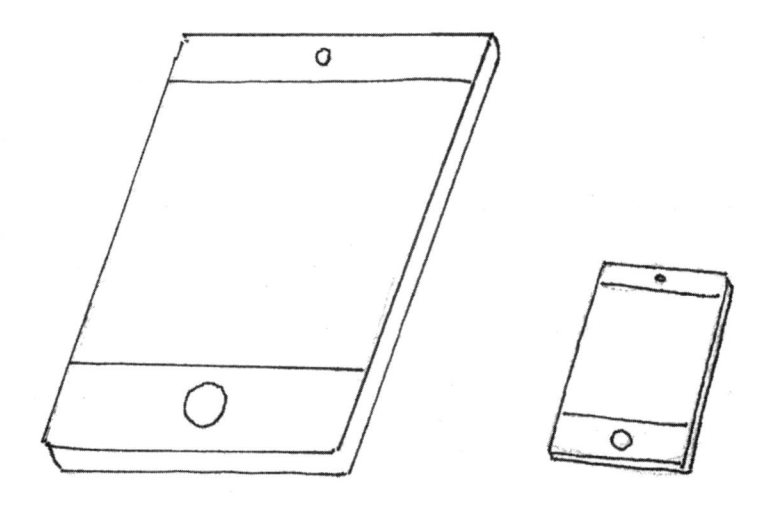

Lendas

Teve um estalo quando viu na galeria uma pintura do rei Arthur e os Cavaleiros da Távola Redonda e imediatamente veio-lhe à cabeça a imagem de Jesus e seus apóstolos. Quanto procedia a lenda de o rei bretão ser uma alusão direta à história apócrifa de que Jesus teria sobrevivido à crucificação e fora exilado na Inglaterra, na época já dominada pelos romanos? As semelhanças não paravam nos doze cavaleiros/apóstolos, desde os cabelos longos e os títulos de nobreza até simbologias do zodíaco permeando ambos os casos, sem contar que teriam nascido de mães virgens.

Debruçou-se nos livros de alguns historiadores corajosos que traçavam um paralelo entres os dois personagens com base em fatos acontecidos numa época onde havia poucos registros. Apesar de tidas como fantasiosas, valia a pena mergulhar naquelas duas lendas cheias de coincidências misteriosas e encantadoras. Sem esmiuçar os detalhes pertinentes, apesar de já comprovados, o fato descoberto era que: pelo lado materno, o Jesus histórico vinha de três ascendências nobres: uma originária da Pérsia, outra da casa do Egito e outra mais de Israel, portanto era verdadeiramente o rei herdeiro de três países importantes dentro do cenário geográfico daquela época. Justamente por ter essa bagagem genética, ele também reivindicava para si o direito ao trono de Roma, uma vez que este fora tomado dos judeus através de guerras sangrentas desde os tempos de Salomão. Na verdade, Jesus representava um perigo real ainda maior para os romanos do que para o clero judaico já devidamente vendido e subordinado às leis do império. Aconteceu que ele acabou sendo preso num conluio entre romanos e o clero judaico, em vez de ser crucificado e transformar-se num herói/mártir e inspiração para outros se voltarem contra as leis vigentes, foi exilado para a longínqua Grã-Bretanha, em terras dominadas pelo Império Romano. E foi assim que, desde tempos imemoráveis, surgiu a lenda do rei Arthur, o guerreiro fundador do reino de Camelot e sua busca pelo Graal, simbolizando metaforicamente o cálice de onde Jesus teria tomado o vinho na última ceia, que junto com seus doze cavaleiros cuidava de manter o povo unido e feliz.

Não se pode negar que as duas histórias têm semelhanças interessantes e não se pode esquecer que as aventuras de Arthur ainda tomam conta do imaginário de quem acredita que toda lenda traz em si um fundo de verdade.

Pensando bem, para que se debruçar em cima de uma "fábula" sobre a qual ninguém mais se interessa saber? Uns por acharem a história mais para o mundo da fantasia do que para a realidade, outros por acreditarem que Jesus não era o guerreiro ousado que queria tomar um poder terreno, mas sim o meigo filho de Deus feito homem.

Voltou à galeria e olhando o quadro novamente percebeu que não valia a pena seguir questionando se havia um fundo de verdade nos fatos que descobrira. Melhor deixar quieto.

O menino de Bisley

Muito se diz da poderosa e misteriosa Elizabeth I. O que poucos sabem é de uma história interessante que teria acontecido numa cidade pequena da Inglaterra chamada Bisley, quando ela, bem pequena, foi lá passar uns dias com uma família nobre a mando do pai, o rei Henrique VIII. A família se compunha do pai, da mãe, das duas filhas adolescentes e do filho caçula que regulava em idade com a princesa e era seu maior companheiro de brincadeiras, além do que, ambos eram ruivos.

Um dia lá Elizabeth teria caído e batido a cabeça ficando desacordada e mais tarde vindo a falecer. Desesperado com a tragédia, o casal já antevia o castigo que receberia do rei quando descobrisse que sua filha fora desleixada estando sob seus cuidados. E foi então que tiveram a ideia de o filho mais novo tomar o lugar da princesinha, pois todos sabiam que o rei pouco conhecia as feições da própria filha, uma vez que raramente esteve com ela enquanto viva. Enterraram o corpo da menina no cemitério local e trataram de vestir o filho com os vestidos dela, orientando-o, sob pena de ver toda a sua família ser morta, a se comportar dali em diante como a princesa com quem costumava brincar e que talvez um dia ele herdasse o trono da Inglaterra, caso o rei não tivesse um filho homem como acabou acontecendo. E assim foi que o menino de Bisley foi levado à corte e por incrível que pareça ninguém nunca desconfiou da troca, mesmo porque a falecida princesinha sempre vivera reclusa longe do castelo real.

Quando anos depois o rei faleceu sem deixar herdeiros, quem por direito subiu ao trono foi a princesa Elizabeth, sua primogênita, a primeira mulher a assumir o reino inglês até então governado por homens. Nas pinturas que existem dela, pode-se perceber feições pouco femininas, a testa alta sugerindo uma possível calvície compensada por uma megaperuca ruiva, nunca teve filhos, e sempre foi conhecida como a rainha virgem.

Até hoje, os habitantes da cidade acreditam que procede a história do menino de Bisley, sabem até onde a verdadeira Elizabeth está enterrada e relatam o fato da troca de crianças como uma das farsas mais bem camufladas de todos os tempos.

A Segunda

A Segunda-Feira vivia revoltada. Os habitantes do planeta a odiavam e ela se considerava vítima das circunstâncias por ter sido intimada a começar a semana sem que houvessem sequer cogitado a existência de uma Primeira-Feira, função esta que deveria ser exercida pelo preguiçoso Domingo, este sim o mais insuportável dos dias, sendo que a humanidade injustamente o festeja como um dia santo, ao passo que sempre cabe a ela a dolorosa missão de anunciar o início de uma nova semana e que deveria por isso ser glorificada por representar a continuidade da vida.

Quando os raios de sol amanhecem, a Segunda-Feira já se põe a trabalhar encarando expressões faciais de desagrado maldizendo-a por simplesmente existir. Sempre ouvia gente dizendo: "Não vejo a hora que chegue domingo para bundar", o que a deixava com vontade de entrar em greve e colocar todo o peso sobre os ombros da Terça-Feira, tão inexpressiva quanto insossa, sempre poupada por não encabeçar as obrigações da semana vindoura, sendo que o único dia do ano em que ela se sobressaía era como Terça-Feira Gorda, um apelido no mínimo ridículo. Sem falar na dupla personalidade da Quarta-Feira, situada bem no meio da semana, vivia em cima do muro, fazendo o jogo do nem lá nem cá tão conveniente, poderia sim ser considerada uma vira-casaca. Daí chega a falsa Quinta-Feira com ares de superioridade já se considerando praticamente fim de semana, articulando para que o dia dê a impressão de passar rápido e anunciar a chegada triunfal da arrogante Sexta-Feira, a mais queridinha dos terráqueos, mesmo quando caía num azarado dia treze, só perdendo a fama de bacana para o *bon-vivant* e exuberante Sábado, tido por todos como o dia mais legal de toda a semana, que por sua vez entrega ao indolente Domingo a ressaca da véspera.

E lá viria a Segunda-Feira novamente botando ordem no galinheiro, desejando ao mundo mais objetividade e esforço pessoal para cumprir o fardo de estar vivo e tocar o destino adiante. Alguém tinha de fazer o papel de bandida e só quem possuía, como ela, inteligência emocional poderia chamar para si tal função.

Pelo menos em alguns países era conhecida como o dia da Lua, com nomes românticos e respeitáveis, mas naquele fim de mundo onde morava ela humilhantemente se apresentava como *"My name is* Feira, Segunda-Feira", para chacota de suas irmãs, a inglesa Monday, a francesa Lundi, a espanhola Lunes, a alemã Montag, a italiana Lunedi, a holandesa Maandag.

Por essas e por outras estava decidida a continuar sua missão de colocar ordem no país mesmo com a carga psicológica de saber-se o dia mais incompreendido de todos. Dane-se, no dia seguinte mesmo, que era o seu, iria fazer uma passeata segurando o seguinte cartaz:

Eu, Segunda-Feira, vocês querendo ou não, estarei aqui firme e forte sempre encabeçando o começo de suas semanas, assombrando suas vidas, sendo amaldiçoada por existir, porque comigo não rola propina para fazer vista grossa e encurtar minhas vinte e quatro horas de existência. Lidem com isso e tenham um bom dia.

SECOND FAIR

Qu'est-ce qu'il dit?

O CASAL DE BEM-TE-VIS BUSCAVA UM lugar seguro para fazer ninho. Tentaram numa árvore na avenida mas havia muito trânsito de gente por lá. Tentaram num parque mas os melhores espaços já estavam tomados. Então acharam por bem procurar um local mais descampado no meio da cidade e foram parar num aeroporto.

Fuçando os recantos, viram um pássaro grande de metal calmamente pousado no canto de um hangar e simpatizaram com a ideia de contar com ele para proteger seus filhotes. Para tanto, entraram nele indo se esconder no bagageiro do jatinho crentes que ficariam na completa segurança onde botariam seus ovos na santa paz. Não foi difícil arranjar gravetos e folhas secas para construir o ninho, entrando e saindo sem que ninguém desse conta, pois as pessoas estavam ocupadas com outros "pássaros" do hangar. No mesmo dia em que a mãe botou os ovinhos, houve uma movimentação diferente no esconderijo: o jatinho estava sendo preparado para uma viagem longa, coisa que não perturbou o casal, que só notou um ligeiro balanço quando o pássaro de metal alçou voo. Mesmo assim, eles acharam interessante viajarem juntos na barriga dele, talvez Nossa Senhora das Aves lhes guardava uma bela surpresa indo pousar numa bela floresta onde todos seriam felizes.

Durante a viagem, sentiram uma mudança drástica na temperatura e se aconchegaram no quentinho um no outro, por fim dormindo durante todo o trajeto, mesmo porque assim que amanhecesse sairiam para reconhecer o terreno.

Depois de uma noite inteira de voo, o jatinho pousou no aeroporto parisiense, indo estacionar no hangar, e mais uma vez houve uma movimentação diferente lá dentro, mas que pouco os alarmou.

Dia seguinte, com um renovado humor, lá foi papai conhecer o lugar onde pousaram e pesquisar sobre minhocas e insetos para quando os recém-nascidos botassem as cabecinhas de fora. Com a intenção de se comunicar com seus semelhantes, caprichou no canto "bem-te-viiiiii". Não recebeu nenhuma resposta. Voando por lá, avistou um "primo" com as mesmas penugens que a sua olhando-o com um certo estranhamento no alto de uma árvore. Num dado momento, chegou um outro companheiro e ambos conversam entre eles emitindo um piado diferente: *"qu'est-ce qu'il dit?"*.

O pai volta rápido ao ninho e conta a história para a mãe, se perguntando que canto estranho seria aquele que o pássaro da mesma espécie piava. Decidiram voar juntos até onde os "primos" foram vistos pela última vez e lá estavam eles, acompanhados de vários outros "parentes" que os receberam com vários *"qu'est-ce qu'il dit?"*. A mãe e o pai cantaram de volta "bem-te-viiii" e as aves francesas ficaram um tempo mudas, processando aquele piado que rimava com o delas, mas não fazia sentido.

E assim ficaram piando de lá e de cá até que uma sábia coruja aparece querendo saber que gritaria era aquela. Depois de ouvir ambos os lados, ela explicou primeiro em francês depois em português que os piados eram exatamente iguais, apenas com sotaque diferente. Na França, bem-te-vis são chamados de *qu'est-ce qu'il dit?* que em português significa "o que é que ele diz?", daí a confusão.

Felizes por todos se entenderem, o casal convida os "primos" a conhecerem os filhotes brasileiros que a partir de então seriam franceses e foi uma festa na barriga do pássaro metálico. Dias depois, só restou um ninho vazio.

Quando na França alguém escutar um *"qu'est-ce qu'il dit?"* com um canto meio diferente é porque deve ser um bem-te-vi.

Sai desse corpo

O passado do pastor pecador o condenava, mas não tanto quanto o presente. Sua última demanda era que os dízimos agora teriam um aumento de cinquenta por cento, somando metade do salário dos fiéis, ou nenhum deles conheceria o reino dos céus.

Um dia lá, discursando colérico no púlpito/palco contra homossexuais, ele escutou um apito estridente vindo da plateia. Por mais que tentasse ignorar o agudo do som, sua atenção se desviava e volta e meia perdia o fio da meada retórica. Num dado momento, ficou nervoso e perguntou quem era aquele infeliz que atrapalhava o culto. Uma mulher levantou a mão, dando a entender que gostaria de tomar a palavra, ao que o pastor teve que abrir uma exceção para ouvir o que a "baderneira" pretendia.

— Sou descendente da monarquia portuguesa. Tenho uma fortuna em joias e em terras aqui e no exterior. Gostaria de doar toda a minha herança à sua igreja uma vez que filhos não tive. Acontece que sou gay, esta aqui ao meu lado é minha mulher. Nós estamos escutando sua fala a condenar homossexuais ao mármore do inferno, portanto entendo que tampouco poderemos doar nossa riqueza a quem nos considera portadoras de um pecado mortal. O que o senhor tem a dizer sobre isso?

— Prezadas senhoras, não vejo por que deixarem de doar sua colaboração preciosa, pois a Bíblia diz que "quem dá aos pobres empresta a Deus". Garanto-lhes que dessa maneira seus pecados serão imediatamente perdoados. Subam aqui comigo que vou exorcizar vocês duas, salvando-as das artimanhas do demônio.

Subiram no grande palco e o pastor começa a desafiar o demônio a abandonar aqueles corpos que não lhe pertenciam, a conclamar Jesus a livrá-las das tentações da carne, que dali em diante elas nunca mais pecariam contra a castidade e outras mil conjurações que baixaram nele naquele momento.

Ambas permaneciam caladas, sem demonstrar nenhuma reação de que estavam salvando suas almas das amarras do inferno e renascendo em Cristo, decepcionando a audiência que confirmava cada palavra do pastor gritando amém. Meia hora depois, como nada acontecia, o pastor resolveu fazer o "batizado" pelo fogo usando peças do vestuário de ambas, lenço e cachecol, colocados numa vasilha e derramando querosene por cima. Num descuido, deixou cair umas gotas em sua gravata e quando acendeu o fósforo as labaredas se propagaram pelo peito e subiram até o cabelo. Rapidamente seus ajudantes jogaram um casaco em cima da cabeça dele e chamaram uma ambulância. As duas mulheres, vendo-se diante do corre-corre, pegam o microfone:

— Pelo que assistimos agora no palco parece que o demônio escolheu um dos lados e se fez claro que não somos nós as pecadoras. Proponho que eu e minha mulher tomemos a dianteira desta igreja e passemos a ser suas novas pastoras para conduzir a palavra do Senhor. Vocês nos aceitam?

A congregação se entreolhou e concordou ser dirigida a partir de então por aquelas duas mulheres já vistas como apóstolas, e assim sendo estavam lá todos dispostos a ouvir o primeiro discurso que as neobispas fariam a seguir:

— Por tudo o que aconteceu hoje aqui neste palco, ficou claro que a partir de agora em nossa comunidade será obrigatório, para que nós todos entremos no reino de Deus, que nos dediquemos a desenvolver a homossexualidade no seio de nossas famílias, pois entendemos que tenha sido este o motivo pelo qual o demônio ateou fogo na cabeça do ex-pastor. Aliás, se ele depois de tratar a queimadura quiser retornar à nossa igreja, terá de assumir-se gay.

Foram ouvidos muitos aplausos, aleluias e améns.

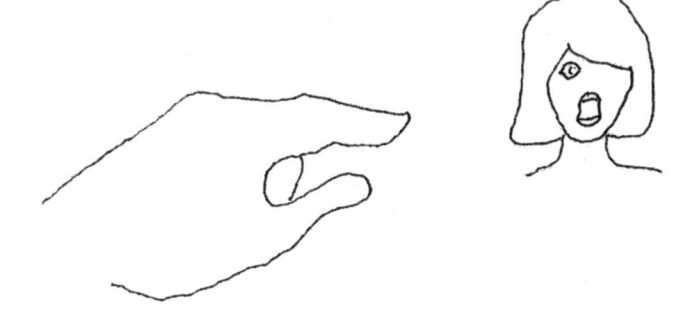

Romaria

Dizia-se que curava ao impor as mãos. Desde criança botara na cabeça que quando crescesse seria um santo milagreiro, desses que o povo faria romarias para ver de perto. Já se imaginava estampado num santinho vestindo uma túnica branca seguido por fiéis deslumbrados com a sua presença e no caminho curaria cegos, faria aleijados andarem, ressuscitaria mortos, operaria os mesmos prodígios dos mestres ascencionados que o antecederam. A grande diferença era que nosso curandeiro não podia ver uma joia que entrava numas de comê-la. Adorava um broche dourado, um brinco de miçanga, um anel de ametista. Acontecia que quando via alguém usando tais penduricalhos não se continha e atacava a vítima assumindo seu *cotè* gay guloso enfiando o ornamento na boca e só saía do transe quando ouvia seu marido ordenar: "Solta que é bijuteria", caso contrário não se continha e engolia a peça, e a pessoa só ia reaver o perdido quando o santo defecasse seu "cocô milagroso", como diziam.

De uma certa maneira, os fiéis conheciam seu "pecado da gula" e, para o bem de todos, quando iam ao seu encontro evitavam portar qualquer objeto de desejo, se concentrando apenas em orar junto dele.

Um dia, apareceu uma perua toda empetecada da capital querendo que o santo "consertasse" a prótese malfeita nos seios. Entre outros enfeites, usava um reloginho de pulso Cartier com ponteiros de brilhantes, caríssimo. Quando se aproximou do santo, a joia no seu pulso pulou à vista e nosso curandeiro mais que depressa puxou-a do braço e abocanhou-a numa só tacada. Dessa vez não adiantou o marido dizer que era bijuteria porque estava evidente a validade do ornamento. Imediatamente a perua avançou para cima dele e se pôs a dar-lhe murros nas costas para que expelisse o objeto na marra, mas foi tarde demais. Ela só ficou mais ou menos conformada quando lhe garantiram que assim que o guloso comesse uma feijoada bem apimentada o relógio retornaria são e salvo para seu pulso. Só de pensar em como o obteria de volta quase vomitou, mas aquele fora um presente do marido e não podia simplesmente voltar para casa sem ele. Quanto tempo levaria para o santo comer, fazer a digestão e funcionar o intestino ninguém sabia ao certo, podia levar um dia inteiro, talvez dois, a depender da vontade de Deus. De qualquer maneira uma hora lá o santo teria de evacuar.

Dali um dia e meio, eis que o relógio desponta no coador e todos ficam felizes como se ele tivesse parido um bebê fofo. O próximo passo seria esfregá-lo na água corrente até se livrar de todas as impurezas fecais e, uma vez limpo e desinfetado, seria devolvido à perua com súplicas para que não chamasse a polícia.

Com cara de nojo, assim que a mulher o põe no pulso sente seus peitos se remexendo pra lá e pra cá até que se posicionaram no lugar correto. O prodígio a faz cair de joelhos aos pés dele gritando "Aleluia! Aleluia!".

Vendo a cena, a amiga que a acompanhava tira um colar de pérolas da bolsa e tilinta na frente do santo, que imediatamente não se contém e o engole feito um fio de macarrão. Perguntada sobre qual milagre pediria quando o colar fosse "devolvido", ela diz:

— Quero que as pérolas falsas se transformem em diamantes!

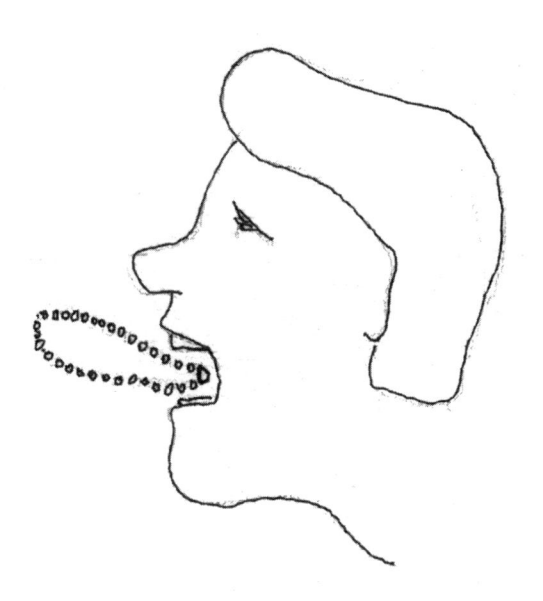

Segredo

Durante muito tempo Wallace guardou para si o maior segredo da história do país dos últimos sessenta anos. Ele sabia quem era o verdadeiro assassino do líder da República e também quem havia montado a operação para destruir os caminhos políticos que o presidente traçava para o país, algo que deixaria muito peixe graúdo daquele período em vias de acabar na prisão ou vir a ter seus mandatos cassados. A coisa ainda era grande demais para vir a público tempos depois de o relatório final ser concluído sem quaisquer questionamentos, uma verdadeira rede de dissimulações que se desviavam de fatos reais fartamente comprovados. A conspiração abrangia gente como o próprio vice-presidente, capos da máfia, departamentos de inteligência, milionários do petróleo e entusiastas da guerra no Vietnã, todos com rabo preso em manter o segredo até o ano de 2050, quando as minúcias do caso poderão ser conhecidas do público.

Wallace sabia de toda a trama porque fora ele o autor do disparo fatal que atingiu o presidente de frente, entrando na têmpora direita e saindo na parte traseira da cabeça, levando consigo fragmentos de massa cerebral. Tal fato fora sumariamente negado pelo comitê que afirmava o motivo da morte ter sido ocasionada por uma "bala mágica" vinda por trás e atingindo-o na garganta, disparada por um único atirador maluco posicionado na janela de um depósito de livros, sendo que a mesma bala teria se desviado, ricocheteando no governador que ocupava o banco dianteiro do carro e indo parar no pulso do mesmo. Tese risível quando se sabe que uma bala só não seria capaz de fazer aquele trajeto impossível.

Wallace se perguntava como conseguira se manter vivo durante todo aquele tempo sabendo o que sabia. A resposta era que depois do assassinato ele devia se autoevaporar ou as cabeças poderosas poderiam perfeitamente mandar matá-lo e sumir com o corpo sem que ninguém desse por falta. Todo matador profissional conhece os métodos poucos éticos dos mandatários dos crimes e os desse caso já haviam "suicidado" algumas pessoas-chave envolvidas na conspiração.

Já no alto de seus oitenta anos, ele ainda se lembrava dos mínimos detalhes daquele dia fatal. A história era: através de um telegrama criptografado, ele fora orientado a seguir para o bocal de um determinado túnel de esgoto que o levaria até um bueiro localizado no meio-fio da avenida onde a caravana do presidente deveria passar tal dia, tal hora. E lá estava ele a postos quando avistou o primeiro carro se aproximando e percebeu o exato ponto onde a visão da cabeça do presidente receberia um tiro certeiro, e foi o que fez. O esconderijo era perfeito para fugir pelas mesmas tubulações de onde viera sem que fosse avistado por nenhuma testemunha, afinal, todos estariam ocupados no corre-corre do pós-tragédia, como de fato aconteceu. Seu colega, o que deu o primeiro tiro atingindo o presidente nas costas, também conseguira sair ileso e assim como ele sumiu do mapa e eles nunca mais se viram. Soube depois que fora "suicidado" num hotel de Las Vegas cujo dono era um capo mafioso. Quanto a ele, confiou na desfiguração de seu rosto depois de uma cirurgia plástica e nos documentos falsos que ganhou para viajar ao exterior.

Ao mesmo tempo que se sentia esperto por ter conseguido sobreviver até então, havia a vontade de vender seu caso para um jornal sensacionalista, entregando toda a trama conspiratória e nomeando um a um os envolvidos. Depois de todo esse tempo, ainda possuía provas concretas para acusar os tais chefões, a questão era que depois teria de se haver com a justiça, que o enquadraria a pegar uma perpétua ou até mesmo a pena de morte. Wallace então, num momento de coragem, resolve correr o risco de se expor a um megaescândalo porque definitivamente queria tirar de sua consciência o peso de seu crime, confessando-se o autor do disparo que matou o político mais poderoso do mundo. E, se fosse para cair, não iria só, detonaria mesmo que tardiamente o complô interno que interferiu diretamente na história do seu país. Coletou todos os documentos de que ainda dispunha e ligou para um jornalista que cobria a seção policial marcando um encontro e se comprometendo a levar todas as provas para validar tudo o que diria na entrevista.

Assim que atravessava a rua para entrar no carro do jornal que viera buscá-lo, foi atropelado e morreu na hora. As pastas que trazia consigo voaram com o impacto da batida e a papelada se dispersou pelo local. Ninguém prestou atenção nesse detalhe no corre-corre pós-tragédia para resgatar aquele velho descuidado que jazia morto logo ali no meio do asfalto.

Tattoo

Tatuada no braço do halterofilista, a caveira sorridente parecia abrir e fechar a boca enquanto ele trabalhava o bíceps. Só de imaginar o banho refrescante depois do treino ela se dava por satisfeita em existir.

Todas as caveiras são praticamente iguais, mas aquela tinha algo especial: os olhos não eram dois buracos. Apesar de tatuados, os glóbulos oculares tinham córnea, íris e pupila que realmente funcionavam, ou seja, a caveira enxergava. Espiava, por exemplo, o decote da moça quando conversava com o fisiculturista, o rapaz franzino com uma tribal ao redor do pulso suando para levantar três quilos, a velhota se achando gata e a gordinha na bike botando os bofes para fora.

A academia era seu mundinho, saindo de lá se enfiava debaixo de uma camiseta e o pano tapava sua visão, só voltando a enxergar quando o fortão dormia pelado, mas daí tudo ficava escuro quando a luz se apagava. Outra ocasião que a caveira curtia muito era no carnaval, quando o bombado se vestia de havaiana e passava purpurina na cara dela. Inferno mesmo era durante casamentos, quando se sentia totalmente sufocada por camisas e paletós apertados. "Quero morrer nessas horas", dizia a si mesma com sarcasmo. O melhor lugar no mundo, porém, acontecia quando nas manhãs de sol a pino o malhadão pegava uma praia e passava protetor nela cuidando para que não desbotasse e perdesse o viço, se sentia um bebê aos cuidados do papai.

Um dia, voltando de carro da academia, um caminhão entra na contramão atingindo em cheio o braço esquerdo do cara. Há sangue por todo lado e vemos uma ambulância saindo em disparada rumo ao hospital mais próximo. Quando o sarado acorda da cirurgia, recebe a notícia de que perdera o braço no acidente. Mais uma semana e iria para casa novamente, onde teria que se adaptar à nova vida fazendo tudo apenas com o braço direito.

O tempo passa e o *bodybuilder*, já conformado com sua situação, retorna à academia onde é cercado pelos amigos, recebendo forças para continuar malhando como antes. Só que nada seria como antes, além do braço faltava sua companheira inseparável, a caveira. Poderia tatuá-la novamente no outro, mas pensando melhor queria escolher um lugar do corpo onde ela aparecesse bem, uma vez que se sentira protegido tendo a anterior como anjo da guarda quando se sacrificou no acidente impedindo-o de perder a vida.

Chegou no ateliê decidido a tatuar a nova caveira com as mesmas características da outra, só que na testa, no lugar de um terceiro olho ele teria dois. A partir de então as pessoas com quem conversava não conseguiam mirar nos olhos do valentão, a caveira roubava a cena desviando os olhares para si, praticamente assumindo a atenção de todos.

E assim viveram felizes até o dia em que o fortão literalmente perdeu a cabeça ao passar embaixo de uma construção bem no momento em que um andaime despencou, achatando-o no chão. A caveira bem que estava olhando para cima, mas nem deu tempo de gritar.

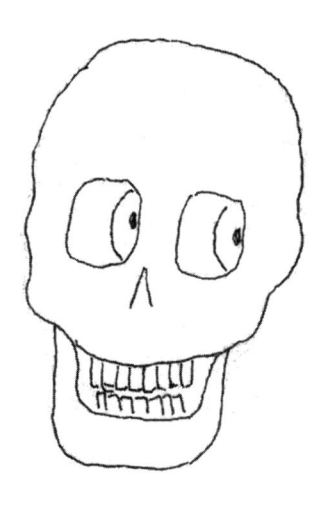

Pré-pós

FAZENDO UMA REGRESSÃO NA HISTÓRIA DA humanidade e pegando os marcos arquitetônicos mais importantes, conhecemos construções de povos mais "recentes" datadas de mil e quinhentos anos atrás como os maias e astecas. Podemos dizer também que mil e quinhentos anos antes destes, o império romano já ostentava obras monumentais, sendo que regredindo mais mil anos nos deparamos com as ruínas da clássica arquitetura grega, somando tudo até agora são quatro mil anos de civilização humana. Viajando outros dois mil anos antes dos gregos encontramos as obras faraônicas dos egípcios e seus misteriosos monumentos, lembrando que quinhentos anos antes destes os sumérios tinham vivido seus dias de glória, considerados por muitos como o berço da civilização, não esquecendo que os celtas também já se faziam presentes em outra parte do mundo e sem contar os povos do Oriente, da Índia e da ilha de Páscoa entre outros tantos com obras datadas de outros tantos anos. Segundo os arqueólogos acadêmicos, a civilização humana como é conhecida teria ao todo seis mil anos de existência. Santa ignorância...

Pouco tempo atrás um arqueólogo alemão descobriu intacto o templo de Göbekli Tepe na Turquia, o mais "novo antigo" até agora. Podemos dizer que praticamente rescrevemos nossa história para pelo menos quinze mil anos antes de Cristo, sete mil antes de Stonehenge, no que hoje é considerado a pré-história pós-era glacial. Como foi possível uma civilização de caçadores-coletores, pré-agricultura, na dita Idade da Pedra, sem conhecimento do uso de utensílios, construir aquele templo com rochas colossais pesando toneladas e milimetricamente esculpidas com figuras de animais em alto relevo, sendo que na região não há de onde extrair aquele tipo de pedra? E por que depois enterrariam todas as suas construções como para escondê-las que um dia existiram? Essa e outras histórias fazem parte da realidade fantástica provando que conhecemos muito pouco sobre de onde viemos e não temos a menor ideia de para onde vamos. O que devemos lembrar é da ignorância e arrogância de pretender contar nossa história para as gerações futuras baseada em escrituras feitas por homens que mal sabiam da Terra girando em torno do Sol. Mistérios hão de pintar entre o Sol e a Terra mais do que sonha nossa vã arqueologia. E ainda nem chegamos aos segredos das cavernas de milhões de anos atrás, sem esquecer de Platão contando sobre a civilização perdida de Atlântida. E, por fim, uma informação genética analisando nosso DNA mitocondrial diz que a raça humana como é conhecida está aqui neste planeta há pelo menos duzentos mil anos.

Só me resta deitar numa rede e pensar na delícia que é mergulhar no ócio e imaginar meus antepassados carregando pedras pra lá e pra cá provando que nem só de sombra e água fresca vive o homem.

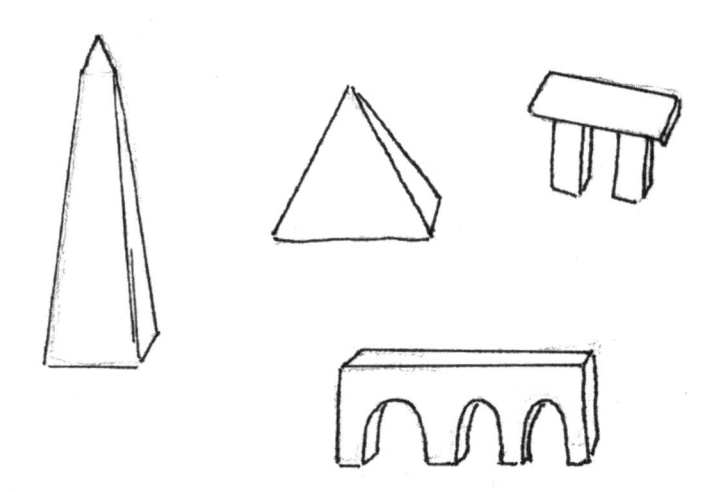

Plin!

"Deus esqueceu de mim aqui neste lugar escuro e frio. Estou tão deprê que nem para mexer um dedinho tenho disposição, me percebo num tempo indeterminado imaginando quanto ainda falta para morrer, sim, sinto que estou na sala de espera da morte e duvido de que terei forças para viver até lá aqui dentro deste túmulo onde nem a luz do sol nem o brilho das estrelas me é dado ver, o que devo ter feito para merecer tamanho castigo? Que pecado mortal terei cometido para estar preso nestas ferragens sufocantes? Me alimento apenas da minha minúscula respiração, é só o que me resta de apego a uma vida que não tem sentido viver, me condenaram a um destino que desconheço o motivo e pressinto possa ser ainda pior do que este que me enjaula aqui neste porão úmido, nesta solitária que deus me livre parece será eterna, o que posso esperar do futuro senão a misericórdia divina para encurtar meu sofrimento, quem sabe hoje ainda até minha pequena respiração não me seja mais permitida, na verdade não me importaria interromper o único fluxo de vida que me resta dentro desta existência insignificante e humilhante, sinto que não tenho muito tempo pela frente, o que acontecerá comigo está nas mãos do destino que me espera, quando por fim expirar meu último suspiro, apenas torço para que me sejam abreviados os últimos momentos de clausura, queria tanto me liberar de pelo menos estes fios que me seguram neste leito cruel, mas me faltam forças até para me desejar um final digno, confesso que cada vez mais me desapego deste mundo onde vegeto tal qual uma semente, por último quero apenas deixar aqui impressas nestas paredes que me sufocam meus mais profundos sentimentos existenciais, pois é, não lembro do meu nome, não sei como vim parar aqui e nem há quanto tempo me condenaram a permanecer silenciosamente neste invólucro sepulcral até o fim dos meus dias, minha vontade é de desaparecer de uma vez, e como se não bastasse sinto formar um lombo em minhas costas, devo estar nesta mesma posição há tanto tempo que meu corpo parece inchar, se ao menos pudesse lembrar meu nome, algo a que me apegar, uma memória qualquer de quem fui, de onde venho, se tive irmãos, qual o meu sexo, quem eram meus pais, porque me abandonaram aqui, ah... que me importa agora? Não tenho mesmo por que ficar me perguntando essas bobagens, de que me adianta saber quem sou se amanhã já não estarei mais aqui para contar minha história, melhor tentar dormir um pouco, pensar me exaure... vou me deixar levar por essa sonolência que ora me acomete e torcer para que ela emende num sono eterno anestesiante e mortal...

Hã? O que está acontecendo? Mesmo com meus olhos fechados começo a perceber uma fresta de luz perpetrando no interior da minha cela e me envolvendo de calor, será que finalmente Deus resolveu ouvir minhas preces e veio pessoalmente me libertar destas garras sufocantes que infringem tanto desespero em minha alma? Vejo agora um feixe azulado, seria um pedaço de céu? Repentinamente me deu um desejo louco de me espreguiçar, de mergulhar no infinito, de dar meu grito de liberdade e abandonar esta múmia que me abraça, limitando minhas fronteiras físicas, sim, chegou a hora de me despedir de quem sou... adeus eu... boa noite casulo meu..."

— Bom dia, borboleta azul! Seja bem-vinda aqui neste admirável mundo novo onde o céu não é o limite. Permita lhe sugerir como seu primeiro voo dar um rasante nas imediações deste paraíso para ir se adaptando melhor à sua nova condição de borboleta, e se também posso dar um conselho sobre sua saúde física, vá agora mesmo conhecer nossa apetitosa flora local. Neste momento você precisa repor as energias, depois siga sua viagem e boa sorte!

"A vida tem disso, no fim tudo faz sentido, eis-me aqui viva, borbulhando no ar com minhas asas azuis pairando sobre as flores, sentindo o perfume das gardênias, me deliciando com o néctar das rosas, rezando com louva-deuses, ouvindo a serenata dos grilos e cigarras, dividindo o espaço de uma pétala com simpáticas joaninhas, seguindo a trilha dos beija-flores, que mais poderia eu desejar? E dizer que me revoltei ignorando que aquele casulo era apenas um generoso útero me preparando para me transformar nesta maravilhosa criatura que agora sou, santa ignorância que me cegava, se tivesse deixado de lado minhas reclamações e apenas permitisse o destino fluir seu propósito... pensando bem, eu passaria por aquilo novamente sabendo agora que tudo estava certo, até o errado estava certo, agora tenho toda uma nova vida pela frente, por onde passo me olham com admiração, me acham linda, leve e solta, estou no auge da minha performance artística e..."

        Cráu!

"Onde estou? Não posso voar, me capturaram quando estava descansando sobre uma flor de laranjeira, sinto um alfinete espetando meu peito, a dor é mortal, me debato, grito para que meu carcereiro humano perceba que está me fazendo sofrer, mas impiedosamente me prega numa tela como se fosse eu um mero quadro de natureza-morta apreciado apenas pelo padrão único do desenho de minhas asas, o resto de mim que se dane, para ele meus sentimentos não existem, eis-me aqui pregada na cruz sem ninguém a quem recorrer, meu destino está selado e desta vez não haverá renascimento... adeus minha borboleta azul..."

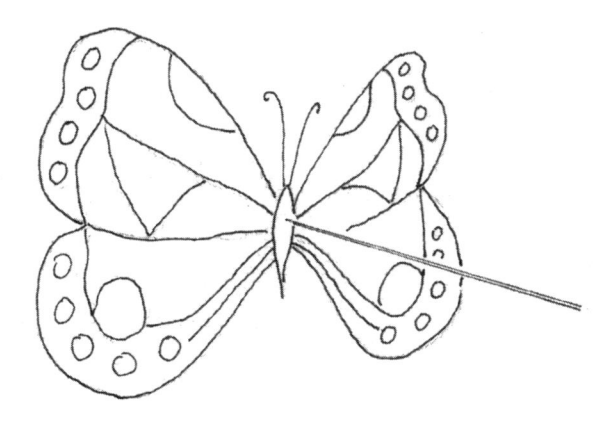

Pavores

Aranhas não relaxam a posição de luta. Ninguém nunca viu aranhas tirando uma soneca ou jogando bola com o filho, estão sempre preparadas para a guerra, não importa se há ou não um inimigo à vista. Sua natureza é nunca dar as costas e se for preciso permanecerá em estado de alerta dia e noite. Traiçoeira, finge olhar em outra direção e quando menos se espera cospe um fio de saliva, captura a presa, leva-a para a teia onde a amarra e apenas observa enquanto a vítima tenta se desvencilhar da malha de fios que a aprisiona. Posso congelar quando vejo uma aranha aparecer no caminho, mas não nego que ela possui uma superioridade elegante em sua figura altiva. Além disso, raramente está metida em lixos ou matérias em decomposição.

Tudo o que aranhas têm de elegância as baratas representam o que há de grosseiro e nojento, a começar por aquela aparência amarronzada sugerindo que mora em buracos com pouca luz onde desova suas crias, que também procriam e infectam o submundo da imundice. Tudo o que a aranha tem de compenetrada a barata tem de destrambelhada. Uma se abstém de chegar perto de você, enquanto a outra vai de encontro ao seu pé. A barata é tão mal desenhada que nem para voar serve, sai dando cabeçada sem direção, literalmente uma barata tonta.

Fico sem ação quando me deparo com uma aranha ou uma barata. Se aparecerem juntas, sou capaz de ter um ataque do coração. Elas me fazem questionar o plano divino e me arrisco a dizer que ambas são criação do demo. Prefiro mil vezes a presença de uma cobra do que daquelas duas, pelo menos consigo entender sua existência reptícia. O ato de se arrastar no chão, por mais esquisito que pareça, impõe um certo respeito, além do que cobras só atacam quando se sentem em perigo. Já aranhas e baratas existem para assombrar, pequenas monstras sem espinha dorsal que quando esmagadas exibem suas entranhas gosmentas e asquerosas.

Ok, fazendo um esforço hercúleo admito que posso até achar uma aranha bonita quando a vejo de uma distância segura, o design do corpo com suas oito pernas, a sisudez antipática meio aristocrática e sua capacidade em tecer teias inteligentes. Peço perdão à aranha por minha aracnofobia, gostaria muito que um dia pudéssemos ter uma amizade sincera onde nem ela nem eu nos sentíssemos ameaçadas.

Agora pergunto: que ser é esse que decide nascer como barata vestindo aquela roupinha cascuda? O que pretende da vida além de enojar quem a vê? Qual sua importância na escala de valores para a mãe Natureza? No entanto, aqui estou eu perdendo meu tempo tentando compreender a existência da barata para talvez diminuir meu asco ao encontrar com uma delas.

Tinha uma barata no meio do caminho, no meio do caminho tinha uma barata.

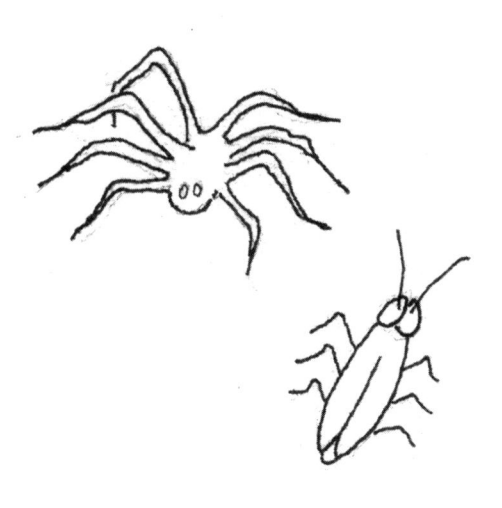

Espermasteroide

De onde eu tinha vindo não sabia, sabia apenas que eu existia. Tampouco conhecia meu destino e nem me perguntava o porquê de minha realidade, uma vez que pouco importava qualquer que fosse a resposta, estava lá com uma função puramente esportiva, quem vencesse a corrida levaria o prêmio de primeiro a alcançar a próxima etapa de vivência. Algo me dizia que o verdadeiro propósito da aventura era aterrizar num planeta desconhecido e lá montar uma nova colônia.

Eis que chega o grande dia da disputa, comigo e outros milhões de competidores cuja única finalidade era atravessar a faixa de chegada com toda a força e coragem. O sinal de partida foi dado e saímos todos numa disparada alucinada em busca da vitória que consagraria o maior herói de todos os tempos da última corrida. Tampouco sabia a distância que deveria percorrer até chegar ao destino. Não houve qualquer preparação física, não recebera nenhuma informação do plano de voo, o lance era dar o máximo de mim mesmo sem perder tempo com os adversários que seguiam na minha cola. De onde estava também podia ver alguns na minha dianteira. Isso pouco importava, pois o jogo só termina quando acaba, como se dizia. A pressa em bater o pique se tornara meu próprio propósito de estar vivo, nada mais importava a não ser chegar em primeiro e receber as glórias do feito.

Redobrei as forças, arregacei as mangas e parti para ganhar a parada gritando:

— *Alea Jacta Est* e vamo-que-vamo! Haiôu Silver! Shazam! Krig rá bandôlo! Pau na máquina! Abram alas e sai da frente que atrás vem gente!

Vvvvvrrrrrrrruuuuummmmm... *Pow*! Gol! Cesta! *Touch down*! *Break point*! Bola dentro!

Cravando recorde de velocidade cheguei bonito e mergulhei na piscina morna daquele planeta generoso que imediatamente fecha o portal de entrada aos outros atletas. Eu, o herói, sou recepcionado por partículas que grudam em mim como criancinhas vendo Papai Noel e logo me multiplico em dois, depois em quatro, depois em oito e assim por diante. Quando completar nove meses naquele lugar vou me preparar para seguir uma viagem ainda mais espetacular que a anterior, e depois desta haverá outras tantas, até eu voltar a ser Uno dentro do Todo.

Imagens

A garota enxergava figuras em todos os lugares, nas nuvens, no chão de granito da cozinha, nas folhas das árvores, na textura das paredes, onde quer que batesse os olhos formava imagens às quais tentava reproduzir desenhando-as no seu inseparável bloquinho. Às vezes até achava que as figuras se comunicavam diretamente com ela transmitindo uma mensagem subliminar que o mundo inteiro um dia teria a sorte de conhecer.

Certa vez estava sentada no metrô olhando o chão de linóleo e viu se formar a efígie de Nossa Senhora Aparecida parecendo querer revelar algum segredo. Mais que depressa tirou o bloquinho da mochila e começa a traçar as primeiras linhas quando uma passageira entrou em cena se postando exatamente em cima da figura e ela ficou aflita, olhando ostensivamente para os pés da outra. Num dado momento, a passageira se sentiu desconfortável, pois parecia estar pisando em algo que não devia:

— Por que você está olhando os meus pés com tanta atenção?

Sem jeito, a garota respondeu que apreciava os sapatos bonitos da outra e por isso tentava copiar o modelo. Se desse para chegar mais para o lado para poder melhor desenhar a peça agradeceria. A passageira achou esquisito porque seus sapatos não tinham nada de especial, mas topou dar uma chegadinha para a esquerda. Na estação seguinte a mulher desceu e a imagem inteira voltou a surgir por segundos até que entrou um monte de passageiros e mais uma vez ocuparam o espaço em cima da figura, impossibilitando a garota de desenhá-la.

Foi quando ela olhou para cima e viu o traçado do rosto de um homem barbudo se formando no teto do trem. Por mais que entrasse e saísse passageiro, dessa vez ninguém se poria na frente. E lá ficou ela encarando o ponto e traçando no bloquinho. Estava tão entretida que mal notou os passageiros começando também a buscar no teto o que a fazia tão compenetrada. Dali um tempo, como ninguém descobrisse do que se tratava, uma senhora perguntou o que tanto ela olhava e anotava no bloquinho e todos os olhares se voltaram para a garota:

— Estou desenhando Deus. Ele está dizendo que vocês estão pisando em Nossa Senhora Aparecida.

Epifania

Padre Anselmo, formado em teologia, tinha mais perguntas que respostas, acima de tudo tinha dúvidas do porquê da necessidade da raça humana em acreditar na existência de divindades e, mais do que tudo, nas palavras das escrituras, seja a Torá, a Bíblia ou o Corão, sem contar os livros sagrados de outras culturas que ensinavam suas histórias como verdades absolutas do reino dos céus. Assim como os budistas, padre Anselmo acreditava no karma e entendia que não somos um corpo com uma alma e sim uma alma dentro de um corpo temporal, que tudo tinha uma razão de existir, que somos responsáveis por nosso livre-arbítrio e recompensados ou castigados por nossas escolhas individuais seja nesta vida ou em outras até encerrar o ciclo de encarnações. Essas convicções guardava para si mesmo, ou seria sumariamente expulso da igreja impedido de celebrar missas e ministrar confissões e extrema-unções, coisas das quais ele não abriria mão por conta de suas funções sacerdotais desde quando ainda rapazinho e se consagrara à vida de celibato.

Ultimamente andava interessadíssimo em extraterrestres, se informando pelo único computador do mosteiro, tudo escondido de seus superiores que sempre viram nele um possível futuro embaraço para a igreja dadas as suas teses sobre a cabala e candomblé. Sendo assim, era de madrugada que fazia suas pesquisas longe dos olhos dos colegas e no fim das buscas teria de ter o cuidado de deletar todo o seu histórico antes que alguém descobrisse suas curiosidades. Estava ele uma noite fuçando matérias sobre discos voadores quando o crucifixo da parede começa a emitir uma luz azulada que apagava e acendia como em código morse. Imediatamente o padre entendeu estar entrando em contato com entidades de outras esferas intergalácticas que naquele momento captaram suas investigações e resolveram dar o ar da graça ali mesmo naquela pequena abadia onde se encontrava.

Padre Anselmo subitamente teve uma epifania e viu-se sendo abduzido por alienígenas para dentro de uma nave resplandecente quando então seria informado do verdadeiro plano de Deus para a humanidade. Foi quando apareceu-lhe Jesus dizendo:

— Ora, ora, ora! Pensou que eu fosse quem, um ET? Bem, até poderia ser, uma vez que declarei que meu reino não era deste mundo, mas vejo que você foi tomado pela soberba se achando o bambambã escolhido para conhecer os mistérios do Universo, não é mesmo? Medite sobre suas dúvidas e siga o que seu coração mandar, mas não esqueça de levar seu cérebro junto.

No dia seguinte, o padre Alselmo fez as malas e comunicou seu definitivo desligamento da igreja, para o choque de seus superiores.

Ele, porém, cometeu um pecado antes de ir embora e por via das dúvidas carregou consigo o crucifixo da parede.

— Vai que os ETS resolvam entrar em contato de novo...

Dimenor

Não é porque sou pequeno que tiveram o direito de tripudiar de mim. Eu me encontro tão distante que mal conseguem situar minha existência. Tiraram-me a patente como se eu fosse um ser suspeito sem levar em conta meus sentimentos. Magoei. Passei um tempo sendo tratado desrespeitosamente, até gozaram da minha cara dizendo que eu deveria ser desconsiderado e definitivamente exilado do sistema. Nunca tive a intenção de enganar ninguém, muito menos me passar por quem não era. Eu apenas sou o menor entre todos os outros envolvidos, mas não menos importante. Há quem diga que sou causador de desentendimentos, que sou afeito a barracos, quando na verdade ajudo a destruir o desnecessário apenas para poder construir o que é importante. Jamais minhas influências tiveram vetor para a guerra, quem me conhece sabe que sou pacífico e quero esclarecer de uma vez por todas o que pretendo, que é reconquistar respeito, quiçá um pouco de admiração. Quis o destino que a justiça fosse feita e agora sou novamente incluído no sistema podendo restabelecer o exercício de minhas funções e ser aceito como membro fundador do nosso partido ao qual nunca deixei de pertencer. Que nenhum de vocês, caros irmãos, passem o mesmo vexame que eu, o que acho improvável, uma vez que não são tão pequenos quanto sou, mas devo lhes dizer que minha expulsão me machucou muito. Sei também que não foi culpa de vocês que sempre estiveram ao meu lado e por isso quero lhes agradecer e dizer que me sinto feliz por fazer parte de nossa

irmandade e prometo interferir o mínimo possível em suas decisões que sei, são com o intuito de esclarecer os destinos de todos. Desde já retomo meus afazeres desejando que nosso time de astros cumpra a missão de esclarecer os caminhos de nossa galáxia.
Assinado,
Plutão

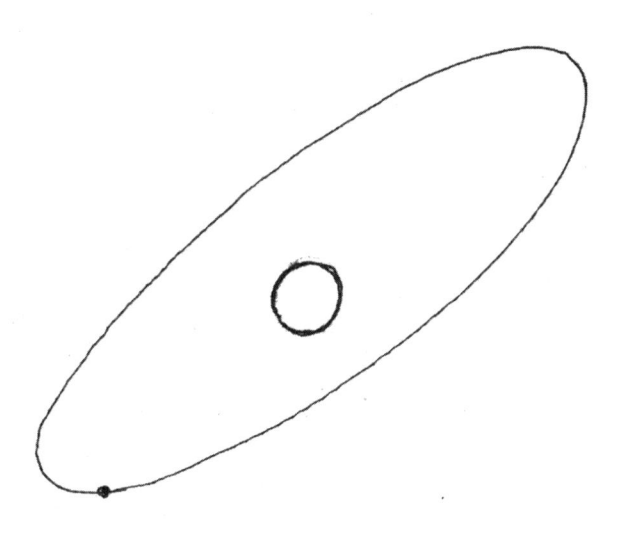

De volta ao Gênesis

O velho arqueólogo não conseguia nem respirar direito tamanha excitação com sua mais recente descoberta. Não pensava no dinheiro nem na fama que traria, aquela era a maior revelação de todos os tempos que por enquanto só ele conhecia, um verdadeiro tesouro para a história da humanidade e uma bomba no colo dos criacionistas que datam o começo da civilização em apenas seis mil anos atrás. Ainda não havia mandado fragmentos para o teste de carbono-14, mas já dava para saber que aquilo estava lá havia milhões de anos.

Diante de tanta euforia, ele resolveu investigar por si só e mergulhar ainda mais fundo naquela caverna que praticamente já chamava de sua. A ideia era levar consigo o básico para passar três dias. Iria só, não queria dividir com ninguém aquela aventura, seria a primeira pessoa a entrar em contato com o que encontrasse pela frente. O que já descobrira dava indícios de que haveria vida lá nas profundezas da caverna. Que tipo de habitantes seriam aqueles ele não tinha ideia, calculava ser uma gente primitiva, esquecida lá por tanto tempo que não haveria qualquer traço de civilidade, portanto carregaria consigo um revólver para sua proteção no caso de se ver numa situação de perigo iminente. Vai saber se aquela gente praticava canibalismo ou outra sorte de costume de sobrevivência.

No primeiro dia apenas fez reconhecimento de aspectos geológicos, coletou pedras, ossos de animais e alguns cacos de cerâmica do que imaginou serem sobras de artefatos feitos por mãos humanas. Notou que quanto mais se aprofundava na caverna, menos se deparava com sinais de que humanos haviam em algum tempo habitado aquele lugar. Tudo indicava que talvez não tivessem seguido muito mais adiante, o que o instigava mais do que nunca a justamente seguir em frente. No terceiro dia topou com um imenso monólito branco bloqueando a passagem. A pedra era lisa como se lapidada, onde se percebia uma pequena inscrição em alto-relevo: <^>

— Deus pai misericordioso, o que estará por trás desta pedra? Não há como ultrapassá-la, tenho que retornar de onde vim e voltar com equipamentos pesados de escavação.

Ao tatear a ponta superior da inscrição percebeu que a pedra deslizava levemente para o lado e uma luz intensa foi tomando conta do ambiente cegando-o a ponto de ter que fechar os olhos diante de tanto brilho. Logo a seguir sentiu-se sugado para o lado de dentro do buraco e ouviu a pedra tornar a fechar a passagem. A partir daí perdeu os sentidos e mergulhou na escuridão da inconsciência.

Acordou meio zonzo, crente de que caíra no sono e havia sonhado com aquela situação estapafúrdia, talvez desmaiara por conta do ar mais denso, mas ao olhar ao redor deparou-se com algo muito mais assustador do que jamais poderia imaginar: uma colônia de formigas albinas do tamanho de crianças de dois anos, todas ocupadas em montar uma espécie de quebra-cabeça feito com peças do que pareciam ser lingotes de ouro. Como sua presença foi totalmente ignorada por aquelas criaturas, se sentiu livre para explorar outra seção do lugar e tão logo chegou a outro ponto deu de cara com mais formigas que trabalhavam em moldar uma escultura gigante também feita com pedaços de ouro e mais adiante outras enchendo recipientes com um líquido dourado. A visão do local se assemelhava a uma catedral reluzente dentro de uma catacumba, de uma limpeza impecável, onde reinava um silêncio sepulcral só quebrado pelo movimento dos corpos das formigas que manipulavam seus afazeres.

Por fim ele alcançou um enorme espaço onde havia uma única formiga maior do que as demais no que parecia parir novas crias que automaticamente se encaminhavam para incontáveis entradas que saíam daquele imenso salão. Avistou do lado oposto ao da rainha-formiga uma figura diferente: um humanoide o olhava intensamente convidando-o a se aproximar. E foi o que fez. Chegando a uns dois metros de distância, pôde perceber que se parecia muito com as imagens retratadas pelos sumérios, tinha barba e cabelos encaracolados e vestia uma bata longa do tecido mais branco que já havia visto. Calmamente aquele ser lhe dirigiu telepaticamente:

°°°Bem-vindo à nossa comunidade. Posso perceber que você me reconhece das referências que meu povo deixou impresso em suas artes, sou o último descendente direto do que vocês chamam de Anunnaki, Nephilim, Elohim, ou como queira. Assim como você, sou filho das estrelas e é para lá que brevemente devo retornar. Nossa experiência genética com humanos não vingou, a humanidade se degenerou moralmente e foi perdendo a informação espiritual que nós pretendíamos incutir em vocês. Ao percebermos isso, nos acasalamos com as formigas que por natureza são organizadas e obedientes. Elas trabalham na construção da nave que me levará ao encontro do meu planeta Nibiru cuja órbita passa rente à Terra a cada trezentos e oitenta mil anos e para onde levarei comigo uma grande quantidade do mais valioso produto do seu planeta: o ouro. Você foi escolhido por mim a dar testemunho dessa saga e o trouxe até aqui para que veja com seus próprios olhos minha definitiva partida que acontece neste momento.°°°

O arqueólogo ainda pensou por um instante estar no meio de um filme de ficção científica, mas logo entendeu que tudo era real quando viu o homem se encaminhar para um outro local acenando para que o seguisse. Foram dar num túnel vertical transparente, onde um disco dourado pousava em sua base. O sumério desapareceu dentro dele e imediatamente o disco foi sugado para cima.

Como se acordasse de um sono profundo o velho arqueólogo se viu novamente na entrada da caverna onde tudo começou, mas no fundo de sua razão sabia perfeitamente que vivera aquela aventura de verdade. O que faria com a revelação que acabara de presenciar? Se contasse ao mundo iriam pensar que enlouquecera, se ficasse calado trairia sua missão como profissional, e ele nem sequer possuía uma prova concreta de sua descoberta.

Eu, Dr. Carl Yung, apenas registro aqui essa história que me foi relatada pelo próprio personagem dessa trama, hoje internado no meu hospital para pacientes com distúrbios psicológicos. O velho arqueólogo passa os dias sentado na grama conversando com formiguinhas.

Céu de brigadeiro

Dona Antonia era confeiteira de brigadeiros. Sua mercadoria era vendida de casa em casa e em mercearias pequenas, mas sumariamente recusada nos supermercados e nas melhores padarias do ramo, o porquê ela não sabia. Talvez sua magreza extrema espantasse os comerciantes, afinal, todos sabiam que confeitos bons são ricos em açúcar, chocolate e tudo o que engorda pra caramba, portanto sua figura esquálida era uma espécie de cartão de visita às avessas do produto que vendia.

Dona Antonia não se importava porque para ela valiam mais as carinhas felizes da criançada se lambuzando com seus brigadeiros nas creches onde trabalhava como voluntária. Nada poderia pagar o prazer de chegar com várias bandejadas dos quitutes e ver a gurizada atacar com voracidade. Dona Antonia varava a madrugada preparando os doces e caprichando em enfeitar cada forminha com serpentinas, confetes e o que mais houvesse de minibrinquedos, formando tabuleiros coloridos e divertidos.

Um dia caiu doente e não conseguia se levantar da cama. Descobriu-se depois que para comprar os materiais dos seus confeitos ela deixava de comer, daí a magreza galopante.

No dia de sua morte, fez um céu de brigadeiro.

Branco

Ela se sentou em frente ao computador. Tinha de entregar sua coluna no jornal dia seguinte de manhã. Naquela noite tivera um pesadelo onde viu suas mãos paralisadas diante de uma mesa repleta de guloseimas sem poder desfrutar delas. Ainda bem que foi apenas um pesadelo, pois ela era chegada num doce e sempre passava na confeitaria quando voltava da academia, afinal, um pecadinho não lhe faria tão mal assim. Passou um minuto olhando a tela branca esperando um fio de meada de inspiração e se percebeu vazia de ideias. Geralmente tinha na cabeça o esboço de um assunto interessante para desenvolver quando ficava diante das teclas e seus dedos mergulhavam como que dedilhando uma música nova ao piano. Quem sabe uma xícara de café e um cigarro dariam um *up*. Foi até a cozinha e enquanto esperava a cafeteira trabalhar deu comida ao gato, molhou a samambaia e voltou a sentar na mesa acompanhada de um saco de Doritos.

A tela continuava branca. Teclou umas quatro palavras e deletou em seguida, não iam levar a nada. Precisava conceber um assunto interessante que despertasse nela aquele momento mágico quando as palavras jorravam com fluidez e objetividade.

Talvez um fundo musical ajudasse a baixar algum estímulo e recorreu às suas preferidas selecionadas no Spotify, mas nem assim consegue engatar uma primeira e sair daquele marasmo, se concentrava mais nas letras das músicas do que na escrita.

Ok, nada como um banho para se sentir refeita e pronta a concentrar um lampejo que desencadeasse a produção de uma matéria bacana como sempre fizera. Nada. A luz da tela em branco iluminava seu rosto e a fazia se sentir uma inútil. A falta de um tópico nunca havia acontecido, e nesse momento fez uma analogia da vergonha que um homem deve passar quando broxa pela primeira vez em pleno ato sexual.

À medida que ia anoitecendo a pressão aumentava. Quiçá ligar a TV e se inspirar comentando sobre o panorama político do país? Não, já havia palpiteiros demais nesse assunto. Que tal um filme antigo, um jogo de futebol, uma novela? Não, de nada adiantaria, ela precisava se alimentar de ideias inéditas e interessantes.

Foi quando passeando pela sala avistou um livro de contos esquecido num canto da prateleira que havia ganhado não se lembrava de quem. Sem paciência, folheou algumas páginas e bateu os olhos numa em especial.

O conto era sobre um colunista de um jornal que teve um branco na hora de escrever até que encontra um livro de contos esquecido numa prateleira que contava a história de uma colunista de jornal que teve um branco na hora de escrever até que bateu os olhos num livro de contos esquecido numa prateleira onde leu um conto chamado "Branco".

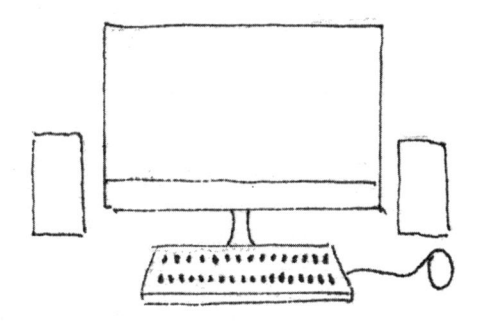

Implicâncio

Ocorreu-lhe que jamais se sentiu confortável estando vivo. Parecia que durante sua vida inteira espiava a si mesmo de um ponto acima de sua cabeça. Até comer lhe era estranho, o ato de abrir um buraco no rosto e enfiar comida para depois sair por outro buraco mais embaixo era no mínimo patético. Aliás todas as necessidades fisiológicas lhe faziam perder a paciência. Sentia-se um bicho preso cumprindo funções primitivas para sobreviver num mundo igualmente incompreensível.

Achava esquisito o ato sexual. Na verdade, o desconfortava imaginar o acasalamento de fluidos corpóreos trocando ácaros e bactérias fáceis em disseminar doenças venéreas. E o que dizer da obrigação de socializar com pessoas cujas vidas não lhe interessavam, gente que contava histórias desimportantes, que alugava seus ouvidos relatando como seu filho era especial ao mexer precocemente no computador. Implicava com adesivos nas traseiras dos carros com os dizeres: "Jesus é fiel", afinal, a fidelidade seria por ser corintiano ou porque Jesus não corneava ninguém, pura rabugice. Se contorcia de aflição quando enxergava uma etiqueta saindo pra fora na nuca de um sujeito que continuava a viver sem saber o quanto era ridículo, fora o ódio ao ouvir o som alto do *ringtone* de um celular dentro do ônibus. Achava o fim da picada ser obrigado a dar gorjeta quando a garçonete ignorava sua presença e volta e meia errava a comida que trazia. Em suma, a cada dia se percebia mais ranheta e revoltado por estar preso a um corpo carente, repleto de necessidades que dependiam de outras pessoas.

Quando estava só era mais fácil aguentar suas idiossincrasias, apenas aceitava-as como uma sucessão de condicionamentos adquiridos ao longo da vida. Duro mesmo era suportar as manias dos outros de tentarem se fazer de amigos dos quais queria distância. Ah, bom seria viver numa ilha deserta apenas na companhia do seu gato que, assim como ele, exigia o mínimo para viver dignamente, e o melhor de tudo: não falava.

Menosprezava os feriados santos que só serviam para extorquir a humanidade a comprar mimos em troca de falsos afetos e todo ano se sentia representado pelo mão de vaca na figura do velho Scrooge dos contos natalinos. Ele sabia que ficava cada vez mais insociável, mas não iria dar um passo para ser diferente, o mundo que tratasse de mudar e virar um lugar mais confortável para quem como ele não se encaixava em nenhum grupo de ajuda.

Aliás, certa feita tentou organizar uma reunião com gente reclamona igual a ele, algo do tipo "Revoltados Anônimos" onde discutiriam casos de tolerância zero até seminários de como se manter sadios no meio das tentações das chatices alheias. Lembrou-se a tempo de que tal intenção lhe exigiria lidar com vários outros chatos expondo suas chaturas e desistiu de dividir com eles as suas próprias chatezas. A melhor sugestão seria virar ermitão e sumir para uma caverna ou morar no deserto longe de gente insuportável. A raça humana para ele não tinha dado certo. Se Deus existisse ele não estaria nos melhores dias ao inventar essa gente que povoava um planeta tão bacana ainda na fase de macacos arrogantes crentes que possuíam alguma sabedoria.

Se você quisesse ver o cara perder as estribeiras era quando algum conhecido lhe presenteava com algo dizendo "achei isso a sua cara" e quando abria era o insuportável disco *Imagine*, do John Lennon sonhando com as baboseiras de unir a humanidade numa só voz, aquela quimera horrível sugerindo conscientizar um mundo cheio de gente folgada e mal-educada, algo que jamais aconteceria enquanto existissem os chatonaldos alegrinhos sonhando dentro de seus mundinhos mesquinhos. Ele queria mais é que ocorresse a Terceira Guerra Mundial onde a raça humana mostraria a que veio.

Também debochava de gente que vivia sorrindo. Não confiava no intelecto dos bem-intencionados, sempre dispostos a passar mensagens positivistas. Ele acreditava em seu mais sincero instinto pessimista, segundo o qual a garrafa sempre estaria meio vazia. Seu personagem predileto era o

Pato Donald, sempre irritadiço com a tese de que todos eram inocentes até que se provasse o contrário.

Ele se aborrecia no Facebook com aqueles pedintes de "quero ser seu amigo" e com um sorrisinho vingativo deletava os "carentes", mesmo porque, como se dizia, ele não queria entrar num clube onde o aceitassem como sócio. Não podia ir a um cinema e aguentar pessoas mal-educadas comendo pipoca de boca aberta, um bom convite para se retirar da sala de projeção. Outra bobagem que desprezava eram os bonés virados para trás de jovens tolos rebelados contra o *establishment*.

Como se pode ver, a vida dele era se aborrecer com detalhes banais que o cercavam perdendo de vista a *big picture* que a vida oferecia. Quando assistia aos noticiários da televisão se imaginava um atirador de elite aparecendo do nada e bem posicionado que mirava os Três Poderes e por fim atirava em um por um, não deixando viva nenhuma ratazana dona do poder do país.

Escrevia cartas às redações de jornais destilando sua ojeriza contra políticos escrotos que bancavam heróis da pátria. Repentes de zombarias aumentavam dia a dia, achava que mulheres gostosas em revistas masculinas eram biscateiras cujo único intuito era preencher a imaginação de homens que se masturbavam para esquecer as mocreias que tinham em casa. Dizia que as artes plásticas modernas eram um insulto a quem aspirava ao belo e edificante, galerias exibiam uma subarte que só suscitava nas pessoas a vontade de rir e debochar do lixo artístico de fazer corar um debiloide. Ele ficava fulo da vida com as músicas da nova geração que macaqueava lixos que vinham do exterior: "ouvia-se uma ouviam-se todas", dizia. Isso também se aplicava no formato dos *talk-shows* com o mesmo cenário, mesmo gestual, mesma banda de apoio e mesmas piadinhas: via-se um viam-se todos. Lembrava do lema do Chacrinha: "nada se cria, tudo se copia" e aí desfilavam artistas clonados repetindo as mesmas *gags* dos seus robôs antecessores. Talento e criatividade que era bom, necas de pitibiribas. Havia dezenas de anos não vira surgir ninguém do mundo artístico tão raiz quanto um Jackson do Pandeiro ou uma banda tão personalíssima como os Titãs, mas as gravadoras investiam em artistas pré-fabricados pelos melhores produtores do pedaço, cabendo aos cantantes uma firula para depois o Pro-Tools transformar suas vozes em Maria Calas do pop.

Revoltava-se quando ia ao supermercado comprar uma simples banana e se deparava na fila do caixa logo atrás de uma mulher obesa e dois carrinhos abarrotados de convites a um banquete de colesterol.

Bem, já deu para se ter uma ideia de com quem estamos lidando. Quem não o conhecia direito imaginava tratar-se de um sujeito birrento, desses de poucos amigos e nenhuma paixão, a personificação do tipo mal-humorado que convidava a atravessar a rua assim que fosse avistado.

Quem diria que no dia que morreu a igreja ficou lotada e soube-se que aquele homem irritadiço era na verdade um dos maiores benfeitores da comunidade. Foi ele que comprou instrumentos para a orquestra da favela, doou uniformes de futebol para a garotada, bancava as festas de Natal, angariava alimentos para famílias carentes, recolhia animais de rua, ou seja, a rabugice não passava de um personagem dele consigo mesmo. Tudo indicava que, na verdade, pasmem, era uma pessoa boníssima, um altruísta de mão cheia. Era o oposto do ditadinho: por fora pão bolorento, por dentro bela viola. Por fora um implicante, por dentro um diamante.

O NOME DA ROSA

NABUCODONOSOR TINHA HORROR DE SE CHAMAR Nabucodonosor, um rei tão poderoso com um nome tão horroroso. Ainda bem que a namorada Semiramis só o chamava pelo íntimo Nabú, completando com "meu chuchu", ou "Nosor, meu amor", o que o fazia se sentir fofo. Por causa disso havia mandado construir no meio da cidade os tais jardins suspensos, para ele e sua amada passarem o dia longe do povo, cercados apenas das mais belas peças da fauna vindas de vários cantos do mundo, transformando o lugar numa verdadeira réplica do Éden.

Era uma chatice quando vinham seus escudeiros com reclamações, pedindo sua presença para resolver problemas corriqueiros que sempre surgiam, e lá ia ele deixando para trás a quietude paradisíaca dos jardins para encarar decisões próprias de um rei, governante da poderosa Babilônia. Muitas vezes teve vontade de deixar barato certas questões territoriais e não declarar guerra aos insubordinados, sonhando apenas viver o resto dos seus dias na companhia de sua encantadora Semiramis, longe dos olhares da plebe.

E foi numa daquelas tardes preguiçosas de verão que ela lhe disse como seria bom se ambos pudessem se amar num lugar ainda mais alto e recluso que os jardins, um lugar onde nem os guardas reais ousassem perturbar o descanso do rei e sua consorte.

Nabucodonosor se pôs a pensar seriamente em transformar o sonho de Semiramis em realidade e eis que surge em sua cabeça a solução: baixaria uma ordem para que seu povo construísse a torre mais alta do mundo, onde viveria com sua amada lá no topo, pertinho do céu numa eterna lua de mel. E assim foi que Babel começou a ser erguida e a tomar forma, a cada mês um andar mais alto que o anterior. Trabalhavam dia e noite sem descanso, todos empenhados em construir algo inédito no mundo, provando que a Babilônia seria o primeiro reino terreno a alcançar o reino dos deuses.

Quando a torre já chegava perto das nuvens, um raio a atingiu destruindo vários andares. Com o choque alguns escravos passaram a falar de uma maneira esquisita, línguas até então inexistentes, dando a entender que ninguém mais se entendia. Lá se foi o sonho e com ele o orgulho do rei em alcançar o paraíso. O que nunca se soube é que os tais "idiomas" dos operários eram na verdade xingamentos com anagramas usando o nome do rei que, embaralhados, formavam palavrões de baixo calão tipo "Nabundasócondor".

O rei tinha toda a razão em detestar seu nome.

Resposta

Pitágoras pede licença à pedra para sentar-se nela e meditar sobre os mistérios da vida ouvindo a música das esferas vibrar nos confins do Universo, que para ele eram Multiversos infinitos que desfilam na eternidade da matemática sagrada. Está lá divagando quando nota um pássaro que o espia no galho do carvalho frondoso que fazia sombra à pedra e este lhe pergunta:

— Oh, venerável sábio, haverás de me explicar por que não posso nadar como fazem os peixes?

— Pelo mesmo motivo que os peixes não podem voar como você — diz o mestre.

Satisfeito com a resposta, o pássaro voa para longe.

Chega um cachorro, deita a seus pés e pergunta:

— Oh, sábio dos sábios, podeis me dizer por que não posso voar como os pássaros nem nadar como os peixes?

— Pelo mesmo motivo que eles não podem cavar um buraco no chão e ter o prazer de esconder um osso — diz o mestre.

Feliz em saber de sua superioridade particular sobre os pássaros e peixes, o cachorro vai embora.

Pula então um sapo ao seu lado e pergunta:

— Oh, poderoso sábio, queria que me dissesses por que não tenho pelos para me proteger da chuva como os cachorros.

— Pelo mesmo motivo que você tem mais leveza para pular do que tem um cachorro — diz o mestre.

Contente, o sapo dá um salto e some de vista.

Devagar, chega um jabuti e pergunta:

— Oh, sábio valoroso, por que não consigo dar saltos como o sapo para encurtar o caminho do meu destino?

— Pelo mesmo motivo que o sapo não vive tanto tempo quanto você — diz o mestre.

O jabuti percebendo a vantagem que lhe cabia retomou seu caminho.

É então que chega uma mulher e pergunta:

— Oh, querido sábio, por que não posso permanecer jovem para sempre como parece acontecer com o jabuti?

— Pelo mesmo motivo que o jabuti não tem a sua beleza — diz o mestre.

Envaidecida de seu físico a mulher se despede e sai de cena.

Um homem chega e pergunta:

— Oh, prestigioso sábio, por que, além de mais bela, a mulher pode gerar filhos e eu não?

— Pelo mesmo motivo que você por ser fisicamente mais forte sabe como protegê-la e também sua prole

E o homem orgulhoso de si vai embora.

Quando Pitágoras ficou só, uma pergunta veio-lhe à mente: "Afinal por que todas as criaturas chegam a mim perguntando sobre suas questões existenciais se eu mesmo nem sei quem eu sou?".

Nesse momento uma voz vinda dos confins dos Multiversos lhe responde:

— Pelo mesmo motivo que nenhuma dessas criaturas é você.

Tolêmico

O comediante era no fundo uma pessoa até tristonha. Fazia graça para os outros rirem, quando ele mesmo apenas fingia estar se divertindo. Sua intenção primeira era ser reconhecido como um cara antenado e inteligente, aqueles para quem a vida parecia uma eterna comédia. Fazia piadas com tragédias, políticos, deficientes, religiões, raças, preferências sexuais e o que mais estivesse no consciente coletivo e fosse politicamente incorreto. Daí que colecionava mais *haters* do que *likers*, o que fazia com que as pessoas dessem grande audiência ao seu programa para depois caírem-lhe de porrada nas redes sociais.

Ao mesmo tempo que isso acontecia, ele também vivia problemas com a namorada, que todos os dias reclamava para que mudasse de atitude porque ela também se sentia atingida quando servia de zombaria por ser mulher e negra.

Não aguentando mais conviver com um cara tão polêmico, a moça pega as suas coisas e vai embora de casa morar com outra mulher que se dedicava a defender o feminismo radical.

A partir de então o comediante resolve usar sua vida como mote e passa a fazer piada da própria situação, o que mais uma vez lhe rende uma avalanche de reclamações de gente que se sentia ofendida direta e indiretamente por suas anedotas.

Resumindo: era o tipo que podia perder a pose mas não perderia a piada. Um dia, que pareceu ser uma intervenção divina, nosso comediante sofre um desastre de carro e depois de um tratamento intensivo passa um tempo sem conseguir andar, mas nem isso o cala de fazer piadas com cadeirantes. Parecia que nada demoliria sua vontade de causar escândalo sobre assuntos tabus.

Paralelamente continuava se sentindo cada vez mais solitário, amigos se afastavam temendo serem alvos de sua metralhadora de deboches, namoradas duravam dias. Até sua família se incomodava por ele contar em público casos que aconteceram em casa com uma pitada carregada de maledicências. Chegou ao ponto onde praticamente não conseguia segurar sua língua ferina e passou a falar barbaridades sobre seu patrão e aí a coisa pegou de verdade. Foi despedido indo bater na porta do dono da emissora rival, que tampouco quis saber de lhe dar trabalho, e assim foi que peregrinou por vários lugares e nenhum se dignou a contratá-lo. Vendo-se abandonado por todas as casas que um dia se digladiavam para tê-lo como comediante, se retira de cena e ninguém se interessa em saber o que teria acontecido com o rei das sátiras.

Um belo dia amanhece morto com um bilhete:

"Fui tripudiar de Deus."

Sonhático

Eu quando jovem quis salvar o mundo, desacatei a autoridade, fumei, bebi, cheirei, tomei as dores da humanidade. Era moda ser artista, era bacana ser hippie, era chique ser comunista, era legal o amor livre. Depois de um tempo notei que o sonho se descambava pelas beiradas e vi alguns amigos meus sucumbindo à ideia de que tudo não passara de porra-louquice de uma juventude mergulhada na lisergia do paz e amor onde o caminho mais sensato então seria o do meio, ou o que quer que isso significasse.

Continuei com minha filosofia e acreditei pra valer nas boas intenções do próximo presidente que dizia acabaria com a injustiça social e combateria a corrupção. Claro que isso não aconteceu e só o que se viu foi uma avalanche de mais crimes contra a população. Daí que pensei em entrar para a política, pois estando no meio do jogo do poder eu imporia meus ideais liberais e progressistas de como ter um mundo melhor. Não fui eleito. Paralelamente continuei lecionando e, como todo professor, mal ganhava para sobreviver, mas o que me interessava, oh, ingenuidade, era praticar o bem não importasse a quem, então parti para organizar uma ONG em defesa de comunidades carentes e só o que encontrei foi gente querendo levar vantagem para si desviando doações e que se danem os pobres.

Talvez eu poderia seguir pelo caminho espiritual, quer dizer, me filiasse a uma igreja e através dela conseguisse ajudar algumas pessoas a terem uma vida mais digna, mas percebi a tempo que era outra aventura que acabava também em desvios de finalidade e tirei meu time de campo.

Foi quando apareceu um sujeito vendendo a ideia de trabalhar como voluntário em um novo partido político com uma proposta mais moderna em termos de sustentabilidade, inclusão social e outras boas intenções. Acabei tendo de lidar com um monte de situações de origem obscura e pedi o boné antes de me decepcionar ainda mais com o engodo em que me meti.

Nessas alturas meus amigos de juventude já haviam se bandeado de mala e cuia para o sistema que um dia foram contra, esquecendo o quanto lutamos para que nossos sonhos utópicos dominassem as mentes dos poderosos. Confesso que nem eu mesmo continuava acreditando que um dia o mundo seria um lugar melhor onde todos tivessem os mesmos direitos e viveríamos para sempre felizes. Hoje sei que soa como moral da história de um conto de fada. Não é que não mais sonhasse em transformar o mundo ao meu redor fazendo minha parte, eu tinha urgência em ver acontecer uma melhora de vida de forma geral. Às vezes a sensação era de que Deus tinha um plano esquisito para o mundo e em especial para o meu país e eu seria o único que poderia impedi-lo. Dizem que só chegamos a uma conclusão quando paramos de pensar. Pois bem, cheguei à minha: eu amo a humanidade, o que eu não gosto é das pessoas.

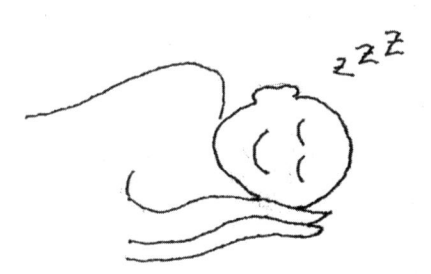

Amante serial

Não se pode dizer que é um cara bonito, o que sobressai é a rara educação requintada de um cavalheiro daqueles que puxam a cadeira para uma dama sentar. A ligeira timidez o faz ainda mais envolvente, além de ser um ouvinte atento, alguém perfeito para se confiar um segredo, a voz pausada e segura que, sorrindo de lado, faz parecer aquele querido amigo de infância que há muito sumiu de nossa vida. O papo não pode ser melhor, fala com desenvoltura sobre artes em geral, entremeando fofocas interessantes sobre a vida de um grande pintor do começo do século.

Durante o jantar sua personalidade ímpar é capaz de chamar atenção, fazendo um comentário contrário ao da maioria à mesa, demonstrando fatos contundentes que dão razão à sua tese. Num momento lá ele atende um telefonema e se ausenta por uns minutos. Quando volta, diz que sente muito mas "um imprevisto me chama e infelizmente preciso ir". Antes de sair promete marcar um novo encontro com ela para conversarem e se conhecerem melhor, deixando a intenção de ser alguém com potencial para se tornar mais íntimo.

Dois dias depois ele liga para ela e combinam um cinema, talvez uns drinques depois, quem sabe um final de noite romanticamente feliz. Assistiram a *Cinquenta tons de cinza*, tomaram martínis no Chez Cherie e depois, na questão "na minha casa ou na sua?", mais que depressa ele diz:

— Meu apê fica quase aqui ao lado. Vamos?

Pronto, meio caminho andado para que o plano meticulosamente traçado por ele desse certo. Antes passariam numa loja de bebidas como se tudo acontecesse ao sabor do momento, prometendo ao casal uma noitada inesquecível.

O apartamento é pequeno, típico de um solteiro que se cerca de livros, discos e uma mobília severa, mas de bom gosto. Coloca as duas garrafas de vinho no freezer e vai ter com ela na sala, onde um quadro de gosto duvidoso mostra um leão devorando uma gazela ensanguentada.

— Te agrada? Minha mãe pintou quando eu ainda era pequeno. Depois que ela morreu ficou comigo.

Sem esperar uma resposta afrouxa a gravata e a convida a tirar os sapatos enquanto escolhe como fundo musical a voz sensual de Sade. Ficam lá conversando sobre o filme que assistiram, comentando as cenas mais marcantes e vai surgindo um clima de cumplicidade que os envolve, revelando que aquela noite poderia ser ainda mais caliente que as exibidas no cinema.

O vinho geladinho aos poucos vai descontraindo e inebriando os corações, deixando-os sem papas na língua e destruindo qualquer parede de timidez. Quando começam a se despir, o cenário rapidamente muda para o quarto. Vemos ambos arrancando o que resta de roupa de cada um e furiosamente se atirando na cama atracados como dois animais no cio. No meio do amasso, um segundo antes de chegarem ao orgasmo, ele repentinamente gira o corpo dela de frente e se fitam olhos nos olhos enquanto se vê um brilho metálico meio difuso. Nesse exato momento o som de sua voz macia anuncia as mesmas palavras que suas vítimas ouvem quando percebem que irão morrer nas mãos daquele homem cujo sorriso bondoso esconde um jeito criminoso de amar:

— Ah, como você fica linda com olhos arregalados, mas antes que você desabe sob meu punhal, quero sentir o cheiro do seu medo enquanto lhe desejo um glorioso gozo final.

Depois de desmembrar o corpo na banheira, embrulhar os pedaços em sacos de lixo e colocá-los em duas malas de viagem com rodinhas, faz uma minuciosa faxina em todo o apartamento, destruindo qualquer vestígio da presença noturna de sua companheira. Toma banho, veste um terno bem cortado e pega o elevador onde uma vizinha pergunta se ele ia viajar.

— Tomara fosse. Estou carregando quase uma biblioteca de documentos de volta ao meu escritório.

Desce direto para a garagem, põe as malas no bagageiro, liga o carro e sai em direção à represa de Guarapiranga, onde vai desovando os sacos de lixo em pontos diferentes até completar a missão.

No caminho de volta, liga para um colega de trabalho:

— Cara, estou preso no trânsito por causa de um desastre e vou chegar meio atrasado. Ei, ainda está de pé o jantar de hoje com aquelas duas amigas que você comentou?

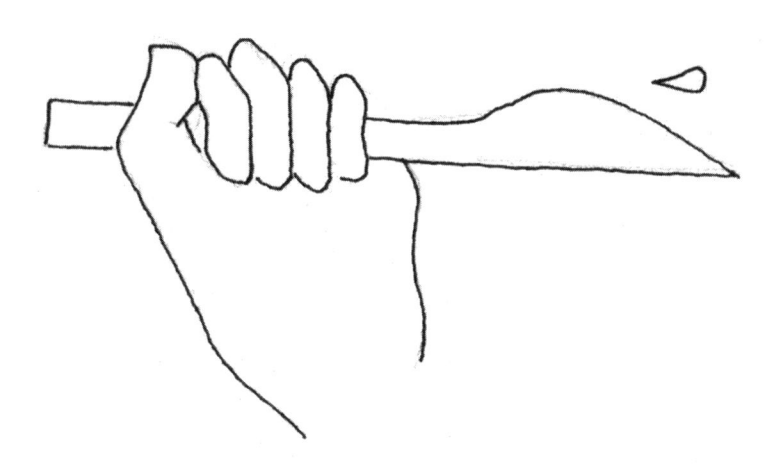

A CORTE DO BOBO

HAVIA MUITO CONHECIA OS BASTIDORES DO reino, cheio de traições as quais guardava para si mesmo e quando menos se esperava dava uma de bobo e soltava a língua, relatando as histórias na forma de piadas de salão diante da presença do rei que se divertia com suas maledicências. Até que um dia ele maldosamente solta a última fofoca que andava nas bocas de matildes: a rainha estaria tendo um caso com um alto funcionário do palácio e já carregava no ventre um herdeiro bastardo. A princípio o rei entendeu como mais uma piada engraçada de mau gosto, mas depois que se retirou para seu quarto ficou matutando o porquê da rainha ultimamente o estar evitando, demonstrando nenhuma vontade de fazer sexo. Ele precisava descobrir quem seria o rival e para isso contaria com as informações secretas que o bobo haveria de saber. Se ele conseguisse elucidar tal tarefa ainda lhe daria umas boas moedas de ouro.

Nas primeiras horas da manhã mandou chamar o bobo e o orientou a seguir de perto os passos da rainha e saber com quem ela se encontrava secretamente, onde e quando. Assim que desvendasse o mistério deveria imediatamente procurá-lo e contar-lhe o que apurara.

O palácio inteiro percebeu as andanças do bobo atrás da rainha, o que causou uma sensação de insegurança geral. Evitavam até lhe dirigir a palavra com medo de serem perseguidos por traição pessoal ao poderoso e impiedoso rei. Foi num dos cantos do palácio que o bobo se aproximou da rainha e sussurrou:

— Querida, você sabe que minha língua ferina não mais conseguirá esconder do soberano que a senhora está de caso comigo. Amanhã mesmo vou soltar nosso segredo no salão e nós dois seremos condenados às masmorras, quiçá nossas cabeças serão decepadas. O fato é que não aguento mais guardar isso só para mim!

Mas a esperta rainha teve uma ideia:

— Nada disso. Eu sei como escaparmos dessa parada: você dirá ao rei que o Papa se aproveitou de mim quando nos encontrávamos a sós no confessionário e não pude me defender. Sendo Papa, o enviado de Deus da Terra, dificilmente será decapitado, e nós dois poderemos viver nossa história secreta de amor junto de nosso filho.

E lá foi o bobo seguro de si contar a "novidade" ao rei, que o aguardava ansioso. A primeira reação foi de revolta, de não aceitação, depois pensou melhor e percebeu que um filho do pontífice lhe renderia uma boa chantagem, pois a igreja era ainda mais rica do que ele próprio. Porém tinha de haver algum castigo, então mandou castrar o Papa, o que para ele já estava de bom tamanho e pouparia a vida do filho bastardo, pois até então não tivera nenhum herdeiro do seu sangue.

O tempo passou, a rainha torna a engravidar e o bobo é novamente chamado pelo desconfiado rei para descobrir quem seria o verdadeiro pai da criança. Novamente ele segue a sugestão da rainha e diz que dessa vez era o próprio rei o genitor, mesmo sabendo que mais uma vez o filho era seu. Quando recebeu a notícia, o soberano ficou feliz e resolveu dar uma grande festa para comemorar a vinda de seu primogênito.

É chegado o momento do evento em que o bufão faria suas graças de sempre. O salão está lotado de pessoas felizes. De repente, não se segurando no vício de fofocar em público, o bobo se põe a falar na forma de charada:

— O que é, o que é? O primeiro foi meu, o segundo é meu e o terceiro será meu.

O rei e a plateia se entreolham, perguntando-se o que o bobo quis dizer com aquilo. A esperta rainha então logo se levanta e responde:

— Eu sei, eu sei! É o peido que o bobo soltou, solta e vai soltar!

E a corte caiu na gargalhada.

#BloodyMary

Na infância, Maria fora uma menina doce e obediente. Seu irmão mais velho decapitava suas bonecas e nem por isso ela o denunciava à mãe. Achava que o mano em vez de extravasar suas taras nela, descontava a ira nos brinquedos. Na pré-adolescência já começa a se sentir desconfortável dentro do corpo e a vontade de "decapitar" o irmão tomou contornos sérios quando entrou no quarto dele com uma tesoura, picotou todas as suas roupas e saiu de lá num êxtase nunca dantes navegado. A família acabou achando que aquele foi um ato isolado por conta de estar indo mal na escola, enfim, repentes de adolescentes.

Só que a coisa não parou por aí. Esse foi apenas o começo daquilo que seria cada vez mais Maria, a revoltadinha. A menina de personalidade destruidora prosseguiu até que um dia tascou fogo nas cortinas da sala por achar que não vedavam a luz do sol. Mais adiante, pintou as paredes do quarto de roxo e embarcou no estilo gótico, usando roupas escuras e furadas, cabelo azul picotado e maquiagem tipo *Walking dead*.

Como não tinha independência econômica e precisava continuar na casa dos pais, passou a ocupar o quarto extra sobre a garagem, transformando o lugar numa instalação lúgubre com velas vermelhas, caveiras e desenhos de símbolos satanistas no chão, teto e paredes. Maria não tinha amigas, não ia mais à escola e não sentia falta de conversar pessoalmente com ninguém. Vomitava sua ira nas redes sociais e se sentia a grande vingadora dos incompreendidos pelo sistema castrador, ou seja, mais um bicho grilo entre milhões de outros jovens na mesma vibe.

Como era uma alma solitária, achou promissor se tornar uma *Youtuber* e dizer as barbaridades que lhe vinham à cabeça. Pegou seu violão e gravou um rap bem tosco se apresentando:

> ♪ Eu quis quis ser uma garota legal
> Eu fiz fiz fiz até que me dei mal
> Pra me vingar do mundo eu fui fundo e virei psicopata virtual
> Eu sei sei sei que não sei português
> Eu sou sou very very fora de série
> Detono quem tá vivo lá do meu hashtag BloodyMary
> Sou antissocial
> Antiaquecimento global
> Antipaz mundial
> Anticarnaval, Antipáscoa, Antinatal
> Antitudo, Antitodos
> Antidireita, Antiesquerda
> Anticerto, Antierrado
> Antiocaralhoaquatro

Ganhou tantos seguidores que virou uma epidemia entre os adolescentes e da noite para o dia tornou-se celebridade, passando a ser convidada a dar palestras e fazer presença em eventos, ou seja, a ironia de agora ser situação no que um dia foi oposição. Abriu até uma franquia de produtos #BloodyMary e sem pudores vendeu-se ao sistema fazendo até propaganda de shampoo e anunciando a próxima sensação de uma nova marca de cerveja. Maria agora é gótica de butique e está sempre cercada por guarda-costas. A rebelada ficou para trás. A vida está boa demais para investir no *"hay humanidade soy contra"*.

Esta é a história da garota que era a favor a tudo o que era do contra e que no fim virou pelo avesso do contra a favor de si mesma.

Ateu

Tenho ao meu redor só pessoas reclamonas preocupadas com o aquecimento global, com pesticidas, agrotóxicos, produtos cancerígenos, espécies em extinção e mais milhares de "religiões", sendo que a raça humana é arrogante demais e se dá muita importância com esse modismo de "vamos salvar o planeta", como se pudéssemos decidir os destinos da mãe Natureza, mesmo porque o planeta que existe há quatro bilhões e meio de anos vai muito bem, quem está doente são os humanos que não sabem nem como tomar conta da própria espécie desde que apareceram por aqui há apenas cem milhões de anos. É muita prepotência achar que somos uma ameaça, que vamos pôr em perigo este planeta que já passou por muita coisa pior do que nós: terremotos, vulcões, tempestades magnéticas, placas tectônicas, milhares de séculos sendo bombardeado por meteoros e asteroides, erosões, tsunamis, explosões solares, maremotos, tufões... E nós é que somos os perigosos porque inventamos garrafas plásticas! As grandes culpadas por essa avalanche de reclamações são as religiões que ensinam que há um homem invisível no céu que odeia gays e espia nossas ações prometendo aos que não seguem a fé nas escrituras um inferno eterno quando morrerem. Acreditar em Papai Noel quando você tem três anos é fofo, acreditar em Papai do Céu aos trinta é no mínimo embaraçoso. Fé é a morte do intelecto, não confio em quem se acha íntimo de Deus dizendo que conhece o que ele quer para nós e não acredito em astrologia porque como todo sagitariano sou cético.

Confio no meu computador, ele é meu melhor amigo, meu cachorro virtual. A vida é um filme com ótimos personagens, só que ninguém conhece o roteiro. Temos a força para mudar o que podemos, a habilidade de aceitar o que não podemos e a total incapacidade de saber a diferença entre elas. Ou seja: a raça humana não deu certo, chamem os dinossauros de volta.

La Cantante 3

La Cantante decadante resolveu lançar sua biografia e contratou um *ghostwriter*. A intenção era se botar pra cima o tempo todo omitindo o lado "podrêra" de sua vida, ou seja, uma biografia chapa branca. A dificuldade maior era descolar fatos relevantes sobre a biografada que a colocasse como a diva maior da música brasileira como ela se pretendia, sendo que nunca vendera mais do que uma centena de discos. O jeito foi inventar episódios onde sua presença faria a diferença dentro da história do país, como "daquela vez" em que foi a musa de uma megamanifestação política e se não fosse por ela o ato não teria sido o sucesso que foi. Se colar, colou. Outra invenção foi escrever sobre a participação histórica de La Cantante na parada gay onde ganhou o prêmio de maior defensora dos direitos transgêneros, mesmo sabendo que na intimidade a falsinha concordava com a versão bíblica de achar que gays eram todos pecadores.

A duras penas o *ghost* conseguiu produzir páginas e páginas falando maravilhas da outra, mas ainda faltavam fatos relevantes sobre sua carreira para contrabalançar as invenções que fora obrigado a escrever. Depois de muito arquitetar, La Cantante veio com a ideia de contar a história do adolescente com câncer que ela jurou ter curado quando cantou para ele no hospital, um verdadeiro milagre. Localizou o adolescente, agora adulto, e marcou um encontro para entrevistá-lo. A ideia era tirar partido da coisa revelando o lado místico da biografada, dando um toque exótico na coisa. Aconteceu que tudo não passara de outra invenção dela que na época fez alarde sobre um fato que não ocorreu, apenas mais um truque marqueteiro.

O que mais o *ghost* poderia garimpar que tivesse alguma relevância para o livro ele já não sabia mais. Vendo sua aflição, La Cantante vem entusiasmada se dispondo a revelar uma bomba que seria o ponto alto em sua biografia e até então desconhecido do público: ela teve um caso sério com o cantor mais famoso do país. A princípio também iria inventar que teve um filho com ele, mas seria difícil manter a história se fossem pesquisar mais a fundo, então contou ao *ghost* que fora obrigada pelo cantor a interromper a gravidez. Com isso seria considerada uma mulher sofrida e assim venderia mais livros.

Como tinha prazo para entregar a biografia, o *ghost* fechou os olhos e seja o que Deus quisesse. Aliás, resolveu assinar com um nome falso, sabendo que a coisa poderia sair pela culatra. Dito e feito. Assim que a biografia foi lançada os advogados do cantor famoso entraram com um processo por calúnia, obrigando La Cantante a comparecer ao fórum para prestar esclarecimentos.

No dia e na hora marcados, ela chega vestida para matar, já tendo avisado a imprensa de que sairia vencedora e ainda ganharia uma robusta quantia de dinheiro por ter sido obrigada a cometer o crime de aborto. Pressão vai, pressão vem, não demorou muito para a jumenta confessar que apimentou a história toda quando fora brecada ao tentar entrar no camarim dele depois de um show, algo imperdoável em se tratando justamente dela, "a maior cantora do país". Nesse momento, o cantor olha a cantante e diz:

— Nunca esqueço um rosto, mas no seu caso vou abrir uma exceção.

No meio de muita gritaria acabou sendo algemada lá mesmo no tribunal e presa por falsidade ideológica.

La Cantante decadante ficou feliz por no dia seguinte sair uma fotinho sua na mídia, não importava se na seção policial.

Prôtésto

Êste abáixo-assináe é úm prôtésto côntra a nóva ôrtôgrafía quê aprêsênta a infelíz idéia dê êliminar hí-fens, trëmas ê acêntos quê outróra éram respeitádos côm sêndo corrétos ê nós, militãntês do consêrvadorísmo línguístico, prôtestãmos pára quê ésta dêcisão sêja revôgáda êm nôme de milháres dê pessôas êm países ônde a língua pôrtuguêsa é oficiál.

Êxigímos quê sêjam prêsêrvádas e rêspêitádas as diferênças dê êscrítas e sôtáques próprios dê cáda locál quê tãnto contribúêm pára a riquêza dê nósso idiôma êm tôdas ás súas cárácterísticas dê êxprêssão culturál quê graciósamênte nôs diferêncíam. Êspêrãmos quê ôs rêspônsávêis pôr ésta impêriósa dêcisão rêvêjam súas pôsições e altérem tôda e quálquér intênção dê mudár nósso ídíôma trãnsformãndô-ô núma lêi injústa a tôdôs quê profêssam dá mêsma convícção dê quê unificár nóssa ôrtôgrafía fáz párte dê úm cômplô culturál côntra tôdôs ôs pôvos linguísticamênte envôlvídos. Ãntes quê sêja tárde dêmáis ê hája úma guérra êntre ôs rêspônsávêis pôr ésta iniciatíva áutoritária ê ôs quê dêfêndêm o idiôma pôrtuguês êm súas inúmêras êxprêssões, avisãmos quê á lúta continuará até quê tál lêi sêja dêfinitivamênte rêvôgáda.

Atênciosamênte,

Cômitê Ãnti Nóva Ôrtôgrafía Pôrtuguêsa

hí-fen
trüma
acênto

TPM

Sorria, ou eu te mato. Me beije como se fosse o apocalipse. Não acredite em tudo o que você pensa, alguns foram programados a pensar que são humanos. Ande sem medo, estou logo atrás de você te usando como escudo, preciso de sua presença como preciso de meus remédios para me dizer que a vida continua. Se eu fosse chocolate, me comia agora. Desculpe lhe dizer essas coisas, mas hoje estou um pouco deprê achando tudo meio bizarro, o mundo é um lugar perigoso não é porque existe o mal, mas pelos que olham e não fazem nada, dizem que no fim não lembraremos das palavras cruéis de nossos inimigos, mas do silêncio manso dos nossos amigos. Como você pode confiar numa mulher quando ela sangra cinco dias seguidos e não morre, não é mesmo? Do mesmo jeito não se deve confiar nela com uma automática na mão. Sim, eu fico linda quando choro, é a sensação de não estar confortável dentro do próprio corpo, sabe assim? A diferença entre quem eu sou e quem eu quero ser é o que eu faço, tenho livre-arbítrio e não tenho escolha quanto a isso, só não se faça de idiota comigo porque nesse quesito sou melhor que você, é bom ser odiado por pessoas imbecis. A vida é muito mais curta do que a morte e humanos têm um jeito estranho de morrer, não há lugar mais perigoso do que dentro da nossa zona de conforto. Eu acho que gente que odeia gato volta como rato na próxima vida porque Deus é um comediante diante de uma plateia com medo de gargalhar na sua frente. A realidade não está nem aí se você acredita nela e eu acredito que o que me separa do sucesso é a ausência de talento, sei que sou apenas uma pessoa medíocre tentando chamar atenção porque todo dia descubro que acontecem insanidades enquanto eu não estou olhando. Se pudéssemos voltar no tempo, será que faríamos tudo igual? Em um mundo paralelo talvez, mas ninguém peca no lugar de outro, é perigoso a gente estar certa quando a maioria acha que não, leis servem para quem não sabe o que fazer. Bons artistas copiam, grandes artistas roubam, sou tão imbecil que aceito apenas vestir a máscara anônima de uma fã incapaz de criar algo interessante. A infância acaba no dia em que a gente descobre que vai morrer, a melhor coisa para se dar a uma criança é o exemplo, ao inimigo o perdão e ao oponente a tolerância. O final é quando hubris fica cara a cara com nêmesis, portanto coma bem e exercite-se, mesmo se de qualquer maneira você vai morrer. Tem gente que acha que não sou muito feminina, para esses vou matar o pau e mostrar a xana. Está na hora de eu desistir de ter uma religião para poder voltar a Deus, ando preocupada com o futuro que é onde vamos passar o resto da vida. Daí que, depois disso tudo que falei sem parar até agora, eu te pergunto: *voulez--vous coucher avec moi ce soir?*

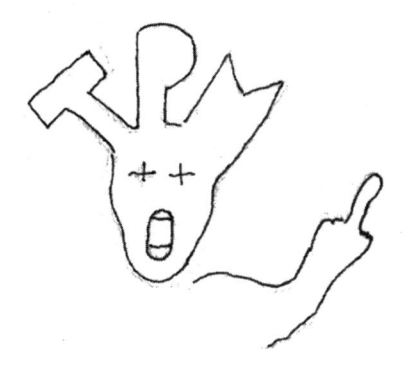

Lista de músicas

Página 28
"A felicidade", de Tom Jobim e Vinícius de Moraes, gravada por Luely Figueiró em 1959 para a trilha sonora de *Orfeu do carnaval*.

Página 45
"Ta-hí (Pra você gostar de mim)", de Joubert de Carvalho, gravada por Carmen Miranda em 1930.

Página 46
"Ideologia", de Cazuza e Roberto Frejat, gravada por Cazuza em 1988.

Página 48
"Cai, cai (Cae, Cae)", de Roberto Martins, gravada por Carmen Miranda em 1941.

Página 49
"E o mundo não se acabou", de Assis Valente, gravada por Carmen Miranda em 1938.

Página 50
"Deixa comigo", de Assis Valente, gravada por Carmen Miranda em 1939.
"A pensão da Dona Stella", de Oswaldo Santiago e Paulo Barbosa, gravada por Carmen Miranda em 1938.

Página 52
"Garparzinho", de Renato Correia, gravada pelo Trio Esperança em 1966.

Página 56
"Gita", de Raul Seixas e Paulo Coelho, gravada por Raul em 1974.

Página 63
"Se você pensa", de Roberto e Erasmo Carlos, gravada por Roberto em 1968.

Este livro, composto na fonte Fairfield,
foi impresso em papel Avena 70 g/m² na gráfica Edigráfica.
São Paulo, agosto de 2017.